흰 아침,
산이 전하는 말

흰 아침,
산이 전하는 말

2018년 4월 17일 초판 1쇄 발행

지은이 김이수

발행인 조명곤
디자인 프리스타일

펴낸곳 일월일일 04007 서울시 마포구 희우정로 122-1, 현대빌딩 201호
대표전화 02) 335-5307   **팩시밀리** 02) 3142-2559
출판등록 2013. 3. 25(제2013-000088호)

ISBN 979-11-961396-2-9 03810

이 도서의 국립중앙도서관 출판예정도서목록(CIP)은 서지정보유통지원시스템 홈페이지
(http://seoji.nl.go.kr)와 국가자료공동목록시스템(http://www.nl.go.kr/kolisnet)에서
이용하실 수 있습니다. (CIP제어번호: CIP2018011173)

김이수 시집

흰 아침,
산이 전하는 말

일월일일

마음이 열린 자리

능선을 쓸어가는 빗줄기에
문득 한 생각이 끊어지고
마음이 열려 환한 자리로
봄꽃 피어선 활짝 웃겠네

마음이 열린 꽃자리마다
너나하는 분별 죄 사라져
만남도 이별도 한 속이라
슬픔도 기쁨도 따로 없네

봄비에 흠뻑 빠진 숲에선
나도 그저 젖은 나무였네

흰 아침, 봄물 든 백련산
마음이 열린 그 꽃자리
나 피네 젖어서도 피네
날마다 지고 새로 피네

산이 전하는 말

지지난 가을이었을까요.

흰 아침, 그러니까 새벽에 일어나 사립을 나서 서천西天에 걸린
달을 바라보는데 문득 그 아래 엎드려 있을 산이 생각납니다.
전날 낮에 그 기슭의 백숙집에 갔다가 붉어가는 그 산을 마음
에 담아왔거든요.

그래 무작정 집을 나서 그 산으로 갔습니다.

그렇게 시작된 흰 아침마다의 백련산행이 한 해 반, 햇수로는
삼 년째입니다. 서울을 떠나 있거나 몹시 앓거나 일기가 아주
험악하거나 하는 때만 빼고는 아침마다 백련산에 들었습니다.
하지만 처음엔 몸만 산에 들었지 딴 생각에 붙들려 정작 산은
들여다보지 못했습니다. 그렇게 반년이나 지나서야 생각이 삭
아지고 산이 비로소 눈에 들어왔습니다. 그때부터 진정으로
산을 만나 느끼고 부비고 만져가며 말을 걸었습니다.

마음을 열어 지성으로 말을 건 지 석 달 만에 산은 오래 품어

온 숲의 얘기, 깊이 지켜본 세상 얘기를 하나씩 꺼내 들려주었
습니다. 저는 그저 산이 전하는 말을 받아 적었을 뿐이지요.
그렇게 받아 적은 말이 여덟 달 동안 백여 편인데, 미처 받아
적지 못한 말도 적잖습니다.

일찍이 "생각이 끊긴 자리에 마음이 열린다"는 간화선을 주워
들고 반야바라밀의 경지를 우러렀으되 거듭 말의 질곡에 빠져
끝내 헤어나지 못하니, 저 같은 중생이 "깨침"을 함부로 입에
담을 바는 아니겠지요.

예수의 "사랑"을 쉽게 입에 담되 그것을 행하지 못해 끝내 그
참뜻을 모르는 것과 다를 바 없겠지요.

여기 산이 전하는 말은, 마음의 그림자나마 붙드는 실마리라
도 될까 싶어 감히 책으로 엮어내니 용서를 바랍니다.

봄물 드는 청명에
이수

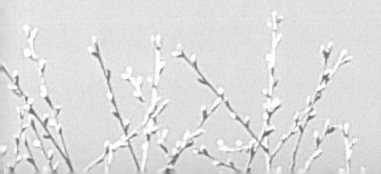

차 례

첫째 가름

흰 아침, 백련산에서 1

둘째 가름

흰 아침, 백련산에서 2

셋째 가름

붉은 아침, 남도에서

여섯째 가름

아직 생각이 머문 자리에서

첫째 가름

흰 아침,
백련산에서

1

작심作心,
짓는 마음
___

글을 짓고 있자니 뜬금없이
어릴 적 울엄니 베틀소리

자정 넘어 오줌을 누고는
베짜는 모습을 보다 까무룩
잠들면 잠결에도 베틀소리

베를 짓던 엄니들의 고단함
이제 와 새삼 가슴 저린다

나 언제 베를 짓는 절박함으로
한 줄의 글을 지어본 적 있던가

託(탁)!

숲길 들어서는데
삭정이 하나 바람에
탁, 떨어진다
그 한 소리가 숲의 정적을
우레로 깨워 일으킨다

託이다
숲은 바람에 付託(부탁)하여
이리 긴 잠을 깨고
바람은 삭정이에 假託(가탁)하여
숲의 부탁을 들어준다
결국 숲은
제 몸의 한 가지를 잘라 떨궈
잠을 깨는 셈이다

요즘 권력자들 간의
請託(청탁)이 속속 불거지고
그 금지법을 두고도 시끄럽다
그 벌로 감방에 委託(위탁)하니
결국 제 몸을 옭아매어
하찮은 잇속을 차린 셈이다

다 자연의 섭리대로 흐르니

어느 하나 숨 쉬는 것 하나도
무담시 되는 게 있던가
숲이 바람에 잠깨는 줄 알지만
제 몸 잘라 그러는 줄 안다면
탁,
정신도 챙겨가며 살 일이다

⟫→ 사족
付(부)는 사정하는 것이고
假(가)는 빌리는 것이고
請(청)은 거래하는 것이고
委(위)는 내맡기는 것이고
그 밖에
依託(의탁)과 寄託(기탁)이 있는데
依(의)는 신세지는 것이고
寄(기)는 맡기는 것이다.

여기에 붙이는 託(탁)은
대개 앞 말의 뜻을 따른다.

걷는 자,
누구나
시인이다

아무거나 시가 되진 않겠지만
걷는 자 누구나 시인이다,
나 말고 곁을 돌아볼 줄 안다면

시 쓰는 게 쉽지만은 않겠지만
걷는 자 누구나 시인이다,
내 안을 문득 응시할 줄 안다면

시인은 시시하다 못해
남루를 껴입고 살지만
시는
그 모든 시시한 찰나에
한순간 남루의 껍질 깨고
찬란하게 솟구치는
눈물이거나 샘물

눈의 기원

밤새 갠 명징한 서울 하늘에
눈썹달 저리도 휘황하다니
별은 또 언제 저리 찬란했나
눈 덮힌 세상이 한 꽃자린 듯
순백의 황홀로 피어났구나

바람붓에 저리 환한 자화상
눈은 대체 어디서 온 것이냐

누구는 구름이라고도 하고
또 누군 바다라고도 하지만
어느 노래에 또 어느 시편에
비가 오다 얼어 된 것이라는
허랑한 말 한자리나 있던가

그 숱한 노랫결마다 전하는
365만 편의 시가 하나같이
증언하는 눈의 진짜 기원은
내게서 네게로 건너가는 그
다리 위, 그리움이 피어나는
달밤의 아슴한 다리 위였다

폭력의
기원

수십 줄을 썼다가
단 한 줄만 남긴다

타자他者의 물화物化

⇻ 사족
인문학자 존 도커의 《폭력의 기원》은 집단 간
폭력의 함수관계 규명에 그쳤고, 크로넨버그도 영화
〈폭력의 역사〉에서 그 뿌리까지는 다루지 않았다.
폭력이 일상인 성서에는 모든 것이 야훼로
귀결되어서 그 기원을 바퉈보기가 어렵게 되었다.

욕망 또는 사랑

나의 내면을 타자에게
분출시키는 것은 욕망

타자를 나의 내면으로
끌어들이는 것은 사랑

욕망의 좌절 너머는
폭력 또는 기만

사랑의 좌절 너머는
슬픔 또는 예술

청춘

나이 들어간다고
청춘이 삭진 않는다

가슴에서 하나둘씩
설렘이 지워지면서
청춘은 삭아간다

남은 설렘이 있다면
아직 청춘이다

여름을
보내며
───

다들 아직 잠속인디
워매 징허요 매미소리
그래도 새복바람은
제법 선들하니
삼복더위도 인자
갈랑가 싶어 흥감합디다

아따 고것이 먼소리다요
태풍 올라고 바람 쪼깐
부는 시늉만 헌갑드만
매미가 그라고 울어
자빠져쌌는거이 필시
오지게 덥지 싶으요

어허 모르는 소리
귀신 씨나락 까묵지 마소
조석으로 선선한 거 본께
금세 이 한 여름도 이별이라
정인 보낸 것 맹키로 짠허요

그런께 말이요 아심찬허니
고것이 나락도 야물게 키우고
과실도 단물 배게 안합디여

변덕스런 인간들만 덥다 덥다
씨발꺼 무단시 욕만 해싸도
지 할 일만 하다 가는가 싶은께
눈물이 왈칵허니 시큰합디다

사흘
괄목상대

잠시 비그은 틈을 타 사흘 만에
백련에 드니 숲은 무장 젖어서
깊이를 가늠할 길 없어 애닯다
산수국 지고 비비추 만개한 향에
흰말채 둥글레 한 뼘이나 자랐다
초록길 지나 저어기 안산 능선을
나직이 감아 도는 구름떼 보자니
또 한바탕 쏟아 울음마저 젖겠다

한가위
앞두고

―

바람이 끕끕한거본께
비올랑갑소 엄니,
애비야 이참엔 내려올끄나,
봐서 모레나 글피 갈라요,
정 바쁘면 안 와도 되여
엄니는 암시랑토안해야,
아따 어쩌께 안 간다요
전번 설에도 못가 뵀는디,
하이고 맹절이 뭐다냐
일이 먼전께 무리하덜 말어,

바람만 뒤척여도
"애비냐?"
울엄니들 잠 못 드는
가을달밤

예수
그리스도

산 아래 온 마을 수북이 불 밝힌
십자가를 보며 그를 생각한다

그는 낮은 데서 태어나
낮은 데에 살았고
낮은 자들을 보듬었으며
스스로 한없이 낮은 자였느니
제국의 폭력도 그를 두려워했다

그의 사랑은 가없어 바보 같았고
그의 용기는 심해 태산 같았으며
그의 정의는 추상 노도 같았다

평생 집 한 칸 가져본 적 없고
금침을 베어본 적이 없으며
호의호식 해본 적이 없었느니

그는 삶을 믿음 가운데 오롯이
사랑과 정의에 바쳤을 뿐이거늘

그를 팔아먹는 자들은 넘쳐나도
그를 알고 그의 삶을 따르는 이가
드문 것을 한하고 슬퍼할 뿐
나는 날마다 그를 가슴에 담고
영혼에 새기느라 아등바등하느니

고향故鄉

떠난 이의 그리움이
늘 아련히 피어나는

남은 이의 고단함이
늘 묵직이 가라앉는

떠난 이와 남은 이가
가끔 엇갈려 바뀌는

헐벗고 굶주린 남루였어도
풍요와 낭만으로 추억되는

세월 따라 무장 희미해지는
그러나 인생의 종착역으로

고단한 몸 누이고 싶은 곳

귀향歸鄉

"벌써 추석이여!"
잘해야 반년에 한 번
잊을 만한 참에서야
사나흘 휭 다녀오는
귀향도 벼슬이라고
우쭐우쭐해쌉니다만
거기서는 말입니다
반년을 내내 기다리느라
수척해진 그리움으로
반가움도 눈물 젖습디다
"언제 간다냐?"
보내고 또 반년을 기다릴
일이 막막한 이 물음 앞에
눈물이 왈칵 쏟아집디다

나이 들어 말라가는 고향을
홀로 두고 기다리라 하기엔
반년은 너무 먼 성싶습디다
늘 거기 있지 싶은 고향이지만
아스라하다 문득 가뭇없어
볼 수도 갈 수도 없겠지요

백련산

쉬는 날이면 백련 시오리 숲길을
두어 시간 빙 잡아돌아 내린다
숲은 아무렇게나 생긴 성싶어도
가만 보면 나름 질서가 잡혔다
들머리엔 키 큰 참나무 물푸레
허리께엔 떡갈나무 아카시아
능선으론 검은 솔 그 아래 싸리

지네 등짝처럼 뻗은 백련산은
서대문 은평 2구 4동 사방에서
드는 길이 여남은 군데나 되는
칠백 척 아맥가경雅脈佳景이다
동으론 안산이 시립해 읍하고
남으론 관악 삼성이 선망하며
북으론 북한산 칠봉이 우뚝 서
하명을 기다리는 위엄이 있다

백련산
굽은 솔
—

높아진 바람의 온도에
백련산 숲도 들썩인다

아름드리 솔은 죄 굽어서
아니, 굽어서 굵어진 솔은
기대거나 앉거나 비벼대도
편하게 제 등을 내어준다

염치없게 기대어 누워서
흰 아침 잿빛 하늘을 본다

아, 나는 이제껏 시퍼렇게
날을 세워 곧게만 치솟아
한사코 밀어내며 굵었구나

나 언제쯤 넉넉히 굽어서
아무에게나 등을 내줄까

허수아비
사랑
___

내 사랑은
온 가으내
한 자리에 못박혀
바라만 보다
떠나보내고
빈들에서
홀로 춤추리

무서리 하얗게
어깨짐을 하고
잠 못 드는
빈들에서
홀로 춤추리

눈바람에 삭아
무너져 내리도록
그대 떠난
빈들에서
홀로 춤추리

못박힌 사랑
한 발짝도
내딛지 못하고

가면 가는 대로

눈물지으며

홀로 춤추리

⫸ 사족

웬일로 서울 하늘에 별이 총총합니다. 저기 저
불빛들도 예전엔 빈들이었겠지요. 그 빈들에 나락
심어져 익어갈 즈음 세워진 허수아비, 참새와
사랑에 빠졌을까요?

가을
연서 1

어둠이 무장 길어지니
가을이 가차운 줄 알겠습니다
엊그제 처서 지나 곧 백로이니
이제 찬이슬에 단풍 들겠지요
여름볕 쨍쨍하니 천지가 자글댄 땐
당신 없는 줄 느낄 짬도 없다가
문고리 흔드는 소리 당신인가 싶어
잠결에 맨발로 허이 나서보면
바람에 진 달이 낙숫물에 잠겨
희끔하니 울어 글썽입니다
나, 달이 아닌 낙엽으로 질지라도
그 바람이 당신이면 좋겠습니다
백날 밤을 꿈속에서 애가 닳아도
도무지 닿을 수 없는 당신이라서
이 가을엔 바람에 단풍들 가슴도
한 뼘 남아 있지 않겠습니다
늘 있지만 아무데도 없는 당신
늘 오지만 한 번도 볼 수 없는 당신
바람이 아니라면 또 아주 먼 날
당신 처음 만난 그 언덕 비탈에 서서
흰 눈으로 오실 당신 기다리겠습니다

가을
연서 2

매미 울고 간 자리 귀뚜리 짜륵이니
성큼 가을인 줄 알겠습니다
지난 주말엔 지리산 다녀왔습니다
스무 명에서 빠진 듯 넘친 듯 했습니다
날은 명징해서 지리 만봉은 물론이고
굽이굽이 섬진강 몸푼 바다까지 훤했습니다
바람은 선들해서 수건이 필요 없었지요
그러니 경치야 말해 뭐하겠어요
한신계곡 선경 하며 세석의 운치 하며
촛대봉의 장쾌 하며 장터목 가는 꽃길 하며
오산 가는 길의 정취 하며…
그런데 참 요상해요 참말 요상해요
그런 절경들 하나도 기억에 없고
자꾸 동행한 벗들 얼굴만 아른거려요
다정한 말소리만 자꾸 도란거려요
그 낯빛 하나 몸짓 하나 말투 하나
이박이일 켜켜이 쌓였던 정情이 살아나
가슴을 치받아 올라 코끝이 시큰하고
자꾸 눈물이 나요 미안하고 고맙고
보고 싶어져서 자꾸 눈물이 나요
천하절승선경인들 벗들 아니었으면
쓸쓸하기나 하지 어디 한줌 낙이나
일겠어요 그저 그림일 뿐이겠지요

그래서 내 친구 재진이 산행세설에

그리 주책없이 자꾸 눈물났나 싶어요

함께 못한 동문들 얼굴도 떠올라요

법국 유배중인 규택이성,

아직도 소년의 우수 촉촉한 석균이,

웅숭깊어 도인 같은 산객 창호,

열정만은 이십대인 낭만심판 인태성…

산이 깊은 만큼 나도 한 뼘 깊어졌을까요

자꾸 속울음이 나요

그 좋은 지리산 가뭇없고 벗들만

가슴 미어지게 들어차서 자꾸 웃음이 나요

해마다 당신 없는 가을 쓸쓸했는데

올 갈엔 벗들과 행복해도 서운해 마요

가끔은 당신 생각에 쓸쓸해질 테니

오늘 가을비 온다네요

당신이, 그 비에 젖어 울

내 맘 알기나 할까요

가을
연서 3

또 한 가을이 발치로 집니다
그 가을 져서 차마 못 떠나
바람에 낙엽으로 쌓이듯
그리움도 한 겹 더 쌓입니다

어둠속에서도 저무는 가을 산
무장무장 불타는지 오늘아침
저기 하늘조차 붉어졌습니다

젊은 날 그 눈부신 수줍은 한때
우리도 밤낮 볼 붉혀 가슴 졸여
햇살에 익어가는 가을날을 보냈지요

저기 저 불타는 골골색색의 숲도
이내 사위고 나면 하얗게 야위어
눈물짓다 뒤척이다 잠들겠지요
당신 있는 자리도 뚝, 가을 지듯
그리움 무장 쌓여 쓸쓸하던가요

이 가을도 까맣게 지고 나면
사람들은 껴입어 겨울을 채비하고
숲은 죄 벗어 또 겨울을 맞겠지요
그 벗어 앙상한 몸피마다 가슴마다

하얗게 눈이 내려 덮이면

가으내 타오르다 겨워 자지러진
내 그리움도 함께 덮여 잠들까요

가을
연서 4
: 냉정冷情과
열정熱情

당신, 그 남녘에서 잘 지내지요
늦게 잠들어 아직 선잠 속인가요
눈뜨니 다섯 시, 잠이 아직 붙들어
뒹굴거리는데 문득 궁금해집디다
숲속 아름드리 나무들 보듬으면
차가울까, 따듯할까, 그저그럴까
궁금해 미치겠어서 나풀 나섭니다

찬바람 이는 백련 들머리에 이르니
녹아서 젖은 길 위로 상수리숲 위로
못다 온 성긴 눈이 폴폴 흩날립니다
지금은 대체 눈 내리는 가을일까요
단풍든 겨울일까요, 가늠이 안 서요

칼끝 같은 냉정이 온몸 곤두세우는
언덕길 올라 숲속에 사박 들어서니
여름내 쟁여둔 열기로 안온합디다

길섶 상수리 껴안아도 아무 느낌이
없어 신발양말 죄 벗고 맨발로 서서
웃통을 훌딱 벗어부치고 맨몸으로
가만 껴안으니 까슬한 감촉을 타고
이내 따듯한 기운이 몸으로 옵디다

43

귀를 갖다 대니 십 리 밖 찻소리가
바로 옆에서 우는 듯 웅성댑니다

작년 이맘 때였지요, 갈겨울 내내
저기 인왕 북악 사이를 트고 앉은
광화문 앞 얼은 아스팔트 위에서
끓어 넘쳐 용광로로 흐르던 열정
역사의 시계를 제자리로 돌리곤
지금은 냉정으로 앵글아보면서
속으로 불덩이 키우고 있는 줄을
붕어대가리 같은 저들이 알까요

무릎 꿇어 혀를 깨물어도 시원찮을
자들이 정의 운운하며 삿대질하고
붙들려갔다가 풀려나며 거봐란듯
짓는 비웃음은 누구 보란 심보일까요
누구겠어요,
저들이 입버릇처럼 말하는 바로 그
개돼지, 손목 잘못 놀린 진짜 죄인
바로 자업자득 우리겠지요

누가 겨울을 냉정하다 하겠어요
불덩이 이리 무장 뜨거운데…

겨울
연서 1
—

깜깜하여 길도 없던 새벽이

눈빛에 부시도록 환하길래

꿈결에 오시다가 만 당신이

저너머에서 꽃등불을 켜들고

다시 오신 줄 알았습니다

겨울
연서 2

그리움에 울어 젖는
또 밤내 싸락눈 내려
한 세월 덮었습니다

하얗게 세월 덮인 자리
바람 불어 다독인다고
어디 그리움 잠들던가요

지난여름 벼려둔 불칼
골바람에 눈꽃으로 내려
베인 가슴 천불이 일어요

겨울
연서 3

: 세수를 하다가

두 손 가득 공손히 물을 받들어
채 덜 가신 새벽졸음 씻다가
문득 기척이 들어 올려다보니
한 뼘나마 열린 들창문틈으로
먼저 씻은 듯 하얀 낯이 하나
물끄러미 내려다보고 있대요

그리 얼마나 마주보았을까요
울컥 차운 눈물 솟구치더니만
주르르 젖은 볼을 타고 내려요

하, 그리다 그리다가 겨워 서러운
이 해가 다가도록 가슴만 졸여
차마 어쩌지 못한 당신일까요

흰 아침,
백련산에서

2

빛과 어둠의
함수관계

—

산은 아직 어둠 깊이 잠겨 있고
서천의 달은 기울어도 휘영한데
뭇별들은 땅에 처박혀 글썽이고
나의 칼은 미망에 갇혀 녹슬었네

어둠이 빛에서 나오는가
빛이 어둠에서 나오는가
어둠과 빛은 한 몸인가
그도 아니면
둘 다 없는 헛것들로 눈속임인가

이 어둠 걷히면 미망도 함께 걷혀
아, 나의 칼이 녹을 벗고 춤추려나

필설筆舌

혀는 세 치, 붓은 한 치 반으로
둘 다 뱉으면 되돌릴 수 없으되
말은 흩어지나 글은 오래 남느니
설화보다는 필화가 더 끔찍했다
애초에 필설은 귀한 것이어서
막힌 사이를 트고 정의를 세우고
정인을 맺어주고 우의를 키우고
감성의 마중물이 되는 것이나
그 부리는 자에 따라 다 달랐다
예로부터 생살生殺도 다 필설이 정한
것이지 칼이 정한 것은 없다
칼은 다만 필설이 정한 바에 따를 뿐

공자는 일일삼성一日三省을 말했다지만
필설은 일시백성一時百省이라도 모자라리니
나는 또 혀를 물어보고 붓을 쓸어본다

사람

산에 갔다
옴팡 비에 젖어 내려오는데
문득 한 생각이
가슴을 베고 들어왔다

사람은 아무리 비를 맞아도
생쥐가 되어선 안 되겠구나

흑백黑白

먹물처럼 내려앉은 깊은 어둠
여직 잠속인지 숲은 깜깜하다
하지만 찬찬히 들여다보면
낮의 기억을 보듬은 나무들은
자기들 사이로는 이미 환하다

애초에 밤낮이 어디 따로던가
지구가 돌아앉아 빛을 가리면
어두워진 것을 밤이라 부르고
밝아진 것을 낮이라 불렀을 뿐
동서의 낮밤이 거꾸로이거늘
어찌 낮을 들어 밤을 탓할손가

빛이 어둠을 살라 아침을 낳듯
화선지를 수놓은 흑백의 조화는
또 얼마나 아름답고 절묘한가
언제부터였던가 흑백으로 나눠
물어뜯고 피칠한 반목의 세월들

죄지은 자들이 제 죄를 가리고자
선한 사람들을 흑칠하여 내몰고
그 가린 죄 위에 바벨탑을 쌓고자
순한 사람들을 백칠하여 제물로

삼아 흑백을 선연히 갈라세웠다

초상初喪을 당하면
동양에서는 흰옷에 슬픔을 담고
서양에서는 검정옷에 슬픔을 새겨
애도하고 근신했다
흑백이 이렇듯 서로 다른 곳에서
한 뜻으로 통했으니 대개 그러했다

밤이 없으면 낮이 있을 리 없으며
흑이 없으면 누가 백을 알겠는가

애도 哀悼

밤새 울어 옌 검은 하늘
아직 못다 울은 슬픔이 남아
뜨는 해를 가리고 다시 운다

간밤에도
숱한 비애가 가슴을 베었을 테고
숱한 절망이 바닥으로 나뒹굴었을 것이며
숱한 죽음이 통곡의 연대를 이뤘으리라

날이 밝으면 나는 또
아무 일 없어 보이는 세상으로
아무 일 없다는 듯 나아가
밥벌이를 하고 퇴근길의 한잔에 호기를 부릴 터

오늘 아침만은
추방된 28년 삶을 접고 죽어 돌아온 상필을
홀로 28년을 싸우다 죽음에 든 류샤오보를
애도하며 하루를 맞고 싶다
오늘 하루만은
그들 애잔한 혼을 기리며 마음을 여미고 싶다
상필은 내가 사는 나라의 기막힌 현실이고
류샤오보는 내가 처한 세계의 최후 희망이므로

땅별
하늘별
———

저어기 안산 옆 인왕
붉어오는 능선 한 뼘 위로
샛별 하나 달랑 글썽인다

그 수북하던 하늘의 별은
다 어디로 갔을까

여기 안산 밑에서 북한자락
아파트로 자동차로 흐르는
젖은 불빛들이 가득하다

별이 꼭 하늘에만 있진 않다

언제든 나 자신일 수도 있는
저기 저 산자락에 길에 가득한
불빛들이 하늘에 뜨는 대신
땅에서 피어나 저리 빛나는

나의 진짜 별들이다

바람꽃
: 참나무에게

네 여린 가지를 싹둑 잘라다가
손잡이로 끼운 탐욕의 톱날에
뭉텅 베어져 까만 숯이나 되어
울어가며 석쇠 위 고기나 굽다가
한줌 재로 스러져 버려지지 말고
너만은
그 자리에서 천년을 고이 우뚝
오가는 바람 죄 보듬다 늙어서
그 바람에 바람인 듯 누웠다가
마침내 바스라져 흙으로 돌아가
네 실한 도토리 하나를 품어서
어느 봄이나 여름 햇살 좋은 날
연둣빛 싹으로 눈부시게 피거라

오줌

정원마을에서 오르는 05시 35분,
백련산길은 나 말고는 아무도 없다

그래서 중턱쯤 오르면
우람한 굴참나무를 향해
씨원하게 오줌발을 내갈긴다

그리 개같이 영역질을 하고선
몰랑지 지나 도드라져 삐쭉 선
전망대에 서서 휘 둘러보면
인왕 북악 북한 청계 관악 삼성
올망졸망 구름 새로 그림 같다

그러고 있자니 문득 여럽다
나이 쉰댓이면 여물 땐디
오줌만 내갈길 것이 아니라
심장에 든 것도 내갈겨 한바탕
오지게 놀다 가야쓰것는디
이리 무르게 자빠졌다 갈랑가 싶어

살랑이는 바람조차 섬뜩하니
여럽디 여러운 아침이다

바람風

골목을 휩쓸어간 젖은 바람이
무당집 붉은 깃발에 걸려
울음인지 노랜지 퍼득인다

씻긴 숲을 거슬러 오른 바람이
보리수 상수리 띠풀을 어루만져
흰 옷고름을 풀고 서늘하니 웃는다

꼬리를 달고 앞질러 오른 바람이
고개 너머로 내달리는가 싶더니
돌아와 내 메마른 가슴을 적신다

돌탑

백련산 굽이길 한비짝에
돌무더기 쌓여서 또 한 산

돌마다 무슨 바람 담았을까
구구절절 인생살이 눈물 한 산

국향만산
菊香滿山

————

코끝을 스치는 상큼한 향기에
잠든 가슴이 화안하게 열린다
등성언저리 상수리나무 아래
산수국 어둠속 온통 절정이다
잎이 범귀를 닮아 범의귀과다
범눈썹모양 성글게 퍼진 흰꽃
온산에 꽃등을 켠 듯 눈부시다

자문自問

산은 왜 오르는가
산이 게 있어라는 말은 희언이다
왜 돈을 탐하는가
돈이 게 있어라는 말과 뭐 다른가

어떤 땐 질문 하나가 백번도 간다
매순간 생각이 바뀌므로
답도 오만가지로 갈린다

소크라테스는 질문만으로
하고자픈 말을 다하고 갔다
공자도 석가도 예수도
묻고 또 묻는 것으로 길을 구했다

산은 산이요 물은 물이요
이건 탈속의 농담이지
세속의 삶이 희롱할 말이 아니다

행운유수독야청청의
산송장이 아닌 다음에야
뜻도 없는 뜻도 모를 공허를
함부로 입에 올려 물음을 막지 마라

왜 사는가

수천 년을 만인이 묻고 물어왔지만

답은 없고 혹은 억만 가지로 갈려

아직 끝나지 않은 질문이다

아마 앞으로도 영영 끝은 없을 것이다

답은 매순간 저마다에 있을 터이므로

혹은 삶은 이유 없이 존재하므로

솔향기

백련산길은 온통 황톳길
뻘건 길 한비짝에 누우면
솔가지 사이로 하늘 구름

울엄니 솔잎싹 깔아 쪄낸
송편 한입 막 베어물 때의
그 쌉싸르한 향기 솔향기

기다림

빈산에 마른바람 서걱인다
봄싹은 어디쯤 올라 있을까

⫸ 사족

1966년 새로 지은 아산 현충사 개관식에 각하가
오신다는데, 드는 길에 소나무를 "캐서 심을" 시간이
없자 둥치를 죄 베어와선 밤을 꼬박 새워 "꽂아"
놓았다. 순전히 각하 한 사람에게 잘 보이려고
아름드리 백년 솔 수십 그루의 생목숨을 끊은 것인데
각하는 그 길이 참 아름답다 감탄했다니, 무지막지한
"연출"의 시대였다.

금약한선 噤若寒蟬

: "가을매미
입 닫듯이"

―――

가을매미 입을 처닫으니

숲은 고요하여 처량하다

바람조차 자고 아니 오니

상사 들린 가슴 무장 젖어

어느 결에 이 슬픔 말릴까

매미소리 시끄럽다지만

나 언제 무얼 위해 그토록

처절하게 울어본 적 있던가

일찍이 한선오덕 寒蟬五德*사모하니

머리 위 갓끈은 문文이라 하고

이슬 먹고 사니 청淸하다 하며

곡식을 아니 먹으니 염廉하고

제 집이 없으니 검儉하다 하며

생사에 구차함 없으니 신信으로

금약한선에 서글픈 아침이다

⋙→ **사족**

한선오덕: 중국 삼국시대 오나라의 문사 육운(陸雲,
262~303)에서 비롯한 말이다.

아침 산

바람 잔 미명에 기척도 없어
인왕 안산 남산 그림 같고
흐린 하늘 안개에 푹 잠겨
멀리 북한 도봉 꿈같습디다

언덕 아래 바쁜 찻소리에
그림도 꿈속도 아닌 줄 알아
또 서글픈 이 서늘한 아침에
문득 지리산 그리워 가슴 맵디다

고락苦樂

빈터 옆 아름드리 참나무 까슬한
둥치에 등짝을 세게 마구 쳐대면
아주 시원한 것이 지극한 낙樂이다
그러다 문득 나무도 낙樂일까
아님 고苦일까
고락苦樂 중 아무것도 아닐까
궁금해 붙안고 묻지만 부질없다

고락은 동전의 양면으로 붙어서
둘도 아니고 하나도 아닌 것이
낙중고樂中苦요 고중낙苦中樂이며
마침내는 낙동고樂同苦니
옛사람들 가르침도 다 그 말이지만
고락이 없어 희비喜悲가 아니 갈리면
그건 인간사가 아니니 부질없다

사는 것

어둠 속에서 장끼 하나가
부스럭거리더니 쳐다본다
몇 번 봐서 그런지 겁도 없다
하아, 저놈도 한세상 사는군
아침마다 부스럭거리는 건
저나 나나 그저 한통속이다

혁명의 사자후를 뿜다가도
주린 배를 채우려 빈 솥바닥
긁어대는 것이 사는 것이다
교육 부조리에 울부짖다가도
자기 자식 일엔 바보 되는 것이
사는 것이고 인지상정이다
도덕군자로 애들 잡지다가도
밤의 노래방에서 쌈마이로
노는 것이 사는 것이고 위로다

아무리 그렇더라도 용서될 수
없는 삶은 어디고 있는 법이다

본분本分을 망각하고 저버리는 것

별

살다 외로워지면
하늘을 보게 된다지요
저기 달 지고 없는 하늘에
별 하나 둘…
술에 취하면 달을
그리움에 젖으면 별을
더 오래 보게 될까요
도무지 닿지 못할 거리에서
이토록 가까이 빛나는
저 별 하나
손만 뻗으면 닿을 거리에서
그림자마저 가뭇없던
그 사람일까요

우리들의 후안무치

선영이의 눈물 젖은 상처를 보며
가슴이 아프고 화가 치밀었지만
보름이의 찢긴 영혼에 못질하는
어른들의 맹목엔 등골 서늘했다

이른바 어른들 이른바 지도자들
그들의 탐욕으로 작당한 패거리
그 안에서 희생당한 멋도 모르는
아이들을 적대적敵對敵으로 갈라 세워
물어뜯고 할퀴는, 어른들이란!

애들이야 만신창이가 되든 말든
끝끝내 후안무치 지들 잇속대로
숨어서 유체이탈 일삼는 어른들
그게 바로 나요 너요 우리 모두다

존귀하신 연맹 어른들의 죄상을
파헤치는 대신 열아홉 살 지우의
입장 표명 다그치는 기자 '어른'의
낯 뜨거운 훈계를 보며 부끄럽고
참담해서 가슴이 다 쥐어뜯겼다

그 많던 어른들 다 어디로 갔을까

선영 보름 지우 그 여린 아이들이
물어 뜯겨 영혼까지 탈탈 털리도록
그 잘난 우리 어른들은 뭘 했을까

일월日月,
남녀男女
___

해 뜨면 달은 져야 하는 숙명
아니, 숙명으로 섬겨온 허구
그 질긴 숙명의 모진 강 건너
오늘은 동이 붉어 오르는데도
서천 높이 오연한 달 흰하다

남자는 해 여자는 달이라니,
아주 오랜 옛날에 남성들이
조작한 이 얼척없는 상징이
사실은 폭력의 요람이었다

그 복제판이 더 천박스럽게
남자는 배 여자는 항구라는
유행가로 우리 안에 스몄다

문학과 예술의 본령은 모든
기득권과 허위에 맞서는 것
남자는 해 여자는 달이라는
모든 문학을 지우기로 했다

공일 아침
서울

공일은 좀 여유로워서
어둠 가시고 백련에 든다

전망대 이르니 흰 아침이
머리를 감은 듯 해말갛다

이제 보니 온통 빙 둘러 산들
어미닭이 병아리 품에 안듯
서울을 그 품에 얼러안고선
저마다 밤새 젖을 짜내 흘려
사철 한 번도 마를 새 없는
가양에서 송파 오십 리 물길

그렇게 날마다, 공일 아침에도
제 어밀 잡아먹고 잠든 서울

하얀 숲
까만 마을

며칠 만에 백련에 들었더니
눈부시게 벗어버린 나무들
겨울 숲은 폭신한 이불 덮어
군불 지핀 부삭인 양 안온하고

저기 산 아래 퍼진 마을들은
먹물을 풀어 별점들을 무수히
찍어놓은 듯 하얗게 글썽인다

눈 내린 숲

밤새 하얗게 누운 숲은
고개 넘어 오는 바람에
부르르 진저리를 치며
묵은 그리움 털어낸다

그대에게
가는 길
: 가슴에 부친 연서

제 잠든 새에 당신은
밤 깊도록 고즈넉이
젖은 채로 홀로 깨어
제 부끄럼 우려내서는
등잔불로 환히 밝히고
구구절절 또 눈물바람

깊은 산골짝 매운 바람
밤내 우수수 단풍지고
꽃잎엔 서리 내리는데
당신은 어이 잠 못 들고
또 어느 길을 놓으련가

당신에게 가는 그 길은
멀고도 멀어 아득해서
차라리 길이 아니어라
닿을 수 없는 길이어서
무장 애달픈 꿈길이어니
꿈도 없는 이 밤 서러워라

그리움의
정체

어둠속 고요한 숲에 들어 문득
숲은 누굴 그릴까 궁금해진다
얼마나 많은 그리움을 붙안고
뒤채다 잠들까, 별생각 다 든다

그리움은 가슴이 그려내는 그림,
암만 아니 그립다 도리질해대도
아니 그려지진 않는다
지운다고 지워지는 것도 아니다

오늘은 누굴 그려 한날을 보내고
누굴 그리노라 또 한밤 뒤척이나

그리는 사람 그리다 가뭇없어
내 그리움은 하냥 눈물 젖는다

말

이레 만에 백련산 드는 길
칼날 빠진 바람, 봄이런가

말(言)은 바람 같은 건가
발도 없이 천리를 간다니

내 성마른 말에선 언제쯤
그 칼날이 빠져 따숴질까

어머니의
밭

백련산 들머리에 보면
여기저기 자투리 밭들
몸푼 빈몸에 낙엽 진다

그예저예 울엄니들 밭은
징허게 많기도 하였어라
뒤안에도 장독대 곁에도
못개에도 선산자락에도
대밭너머에도 사립께도
오명가명 밭들을 일궈선
콩도 심고 고구마도 심고
무 배추 파 참깨 들깨 부추
둘레에 참외 호박도 심고
막대 꽂아 물외도 올리고
마늘 고추도 철따라 심어
한떼기 한시도 놀리는 법
없이 사철 다 푸졌지라

어디 그뿐이라믄 일없어라
자식밭들 또 많이도 놓아
예닐곱 두락씩은 되얏제라
한두락도 허수이 놔두는 법
없이 알뜰히 여물도록 가꿔

울엄니들 밭은 참말로 가멸고
오지디 오지고 눈부셨지라

문득 울엄니들 밭에도 가을
저물고 텅 비어 눈 내립니다
봄이 와도 씨뿌려 가꿀 이 없어
쑥대만 무성하다 스러집니다

울엄니들 자식 밭들에도 이제
흰서리 내려 날로 퇴락해가니
어쩐다요 눈물짓는 울엄니들
워매 짠해서 참말로 어쩐다요.

한세상 닳도록 그 밭만 가꾸다
퇴락한 그 밭에 고단한 그 몸
뉘여서도 밭 걱정에 잠 못 들고
한숨에 하냥 눈물지을 울엄니들

눈 쌓인 숲

거리엔 진눈깨비 내리더니
숲길에는 나무들의 완강한
스크럼을 뚫고 흰 눈이 쌓여
말간 달빛에 환하니 부시다
눈 쌓인 숲은 왜 더 안온할까

설산단상
雪山旦想

———

밤새 잠시 싸락눈 내렸는지
살 쌓인 눈밭에 달빛 쏟아져
은연한 나무그림자는 한 폭 조선화

감기다 일이다 갖은 핑계로
한보름 아침산행 걸렀더니
허릿살 붙을락 똥배 나올락
비육지탄이라 백련 그리워

박차고나와 휘 오르는 눈길
발밑에서 내내 뽀득 뽀드득
눈 덮인 산은 달빛에 환하고
저기 바랜 별 하나 글썽인다

또 다른 나

겨우내 마른 바람에 바스락,
수선스럽던 숲은 풀린 눈에
젖어서 깊이 잠겨 고요하다
새로이 돋을 봄꿈을 꾸는가

젖은 바람에 잠긴 생각새로
길섶에 스치는 나무들처럼
내게 왔던 사람들 스치운다

나를 기쁘게 했던 사람
내게 분노를 던진 사람
나를 슬프게 했던 사람
내게 상처를 남긴 사람
날 절망에 빠뜨린 사람
내게 친절을 베푼 사람
날 사랑으로 품은 사람
내게 모욕을 안긴 사람
날 부끄럽게 했던 사람
내게 위안으로 온 사람
날 죄인으로 만든 사람
나의 죄를 용서한 사람

이 많은 사람들 중에 나는,

또 다른 나는 대체 누굴까
젖은 바람에 갇혀 서성대는
허울 말고 진짜 나는 누굴까
생각하는 아침, 송연하다

떠남

백련산 오르려 집을 나서다
문득 이도 떠나는 것이어서
멀어지는 것이라 생각했다

헌데 내려와 돌아가는 길에
문득 멀어질수록 한 걸음씩
가까워진다는 걸 깨달았다

떠나야 새롭게 가까워지고
헤어져야 새롭게 만난다는
이치가 새삼 가슴 치는 아침

누구라도 같은 사람은 없다
어디라도 같은 장소는 없다
어제 다르고 오늘 다를지니

저녁이면 새롭게 가서 닿아
만날 설렘 안고 떠나보아라
그새 있었을 새로운 이야기
나눌 새로운 시간을 꿈꾸며

문상問喪

꽃봄 시샘하는 것인지
뼈가 시리는 새벽바람
겨우 내민 싹이 짠하다

고사목 넘어진 자리에
삭정이 어지럽게 널려
이른 아침 숲은 초상집

더러 폭풍에 생나무가
넘어져 가슴 아프지만
나무들도 세월에 진다

어젯밤 연대 장례식장
영상에 흐르는 고인들
보자니 세월에 지는 길
다들 편안해 보였지만
꽃같이 젊은 한 여자는
상제가 부모와 여동생
하, 짠해서 눈물이 났다

문상을 하고 둘러앉아
술잔을 기울이는 그밤
죽음을 둘러싸고 숱한
삶들이 저마다 흘렀다

붉은 아침,
남도에서

지리산행

지리산 간다
떠도는 삶
바람에 씻기러
지리산 간다

지리산 간다
혼자 젖어온 삶
꽃담에 말리러
지리산 간다

지리산
옛살비꽃담

골 깊어 햇살 아쉬운 마을
이제야 흰 꽃 피어 어느 결에
박을 따 켜서 물 떠 마실까
고삐 없는 시간 곧 백로라네
햇살도 그걸 알고 저리 눈부신가

묵언수행

새벽 세 시 반 백무동
까만 하늘 온통 별밭
네 시 너머 한신계곡
세석 오르는 돌밭길

칠흑 속, 앞 도반 발자국
따라 묵묵히 오르는 길

입을 닫으니 귀가 열려
계곡물 우레로 내리고
육안이 닫혀 깜깜하니
심안이 열려 화안하다

꽃담 편지 1

: 옛살비꽃담의
저녁

세석 촛대봉 지나 장터목
가는 길에 볼 붉힌 구절초 천지
한사코 발길을 붙들더니
꽃담에도 햇살 머금은 구절초
저녁상 차려 우릴 반기신다

대추 삼 엄 황기 온갖 약재 넣은
백숙에 차지고 고슬한 콩밥하며
찰밥죽 쑤어 버물린 갖은 김치들
고구마순 배추 열무 파 부추…
또 참기름 참깨에 무쳐낸 나물들
손수 따 말린 능이버섯 고사리…

그렇게 포식을 하고 고개를 드니
비로소 어둠에 잠긴 꽃담 나지막이
엎드린 황토 집들이 눈에 든다
지붕엔 달빛에 박꽃 환하고
까만 솥이 걸린 정재는 아늑하다

꽃담 편지 2
: 아침 산책길에

꽃담은 산허리춤에 걸렸다
언덕엔 찔레꽃 아직 볼 붉고
흰둥이들 반겨 산책 가자
앞장서는데 여직 이름도 모른다
살비 꽃담일지도 몰라 불러본다
언덕길 내려 셋이서 아장이는데
잠깬 숲에 젖어 초록물 들겠다
숲에 가린 계곡 깊어 끝을 모르겠고
붉은 벼랑 끝에도 뭍 삶들이 걸렸다

꽃담 편지 3

: 만초다향萬草茶香

꽃담 안채 처마 밑에 걸린 휘호
거실 한쪽 살짝 내려앉은 다실茶室
병병이 말려 담긴 꽃 풀 향 한벽
세상 기화요초 묘향妙香 자랑이지만
온산에 만개한 구절초향만 할까
코로 드는 향은 풀향만 한 게 없고
눈으로 드는 향은 묵향 말곤 없되
뭐래도 향 중의 으뜸은 심향心香이니
사랑 없인 풍기지도 않거니와
그 사랑을 가슴에 담지 못하고선
맡을 수도 없으니 자취 없는 심향은
있는 것도 아니고 없는 것도 아니다
꽃담에선 만초가 약이고 사랑이니
구절초 다향이 철도 없이 심향이다

꽃담 편지 4
: 꽃담 정원을 보며

꽃담 마당 밖이 내다보이는
한비짝에 자그마한 꽃정원
아기자기 여름갈 꽃들 가득
마가렛 붉은 꽃잎 눈에 담고
가꾼 이의 손길 맘에 담는다

꽃담 편지 5

산그림자 마당 덮어
이내 곧 헤어질 시간
절승絶勝이야 눈에 담아
돌아서면 그만이지만
가인佳人은 가슴에 남아
또 몇 밤을 잠 못 이룰까
회자정리 변함없건만
헤어지면 기약 없으니
애달퍼서 눈물 고일라

작별은 늘 있는 일이나
다른 만남들이 남아서
그 힘으로 우리 사노니

꽃담 편지 6

: 설거지

온 날 저녁부터 간 날 점심까지
설거지 한다 31회 동기들 다섯
경호 의송 재명 종웅 태원 성들
설거지 한다 시끌벅적 열정으로
접시 냄비 솥 밥그릇 온갖 것들
당기고 밀치며 딸각대기도 하고
사네 마네 씨벌거 물도 뿌려싸며
설거지 한다 31회 성들 마다않고
꼬박 세끼 스물 댓이 묵고난 것들
용케 깨묵은 것 없이 싹 씻어낸다
설거지 한다 31회 성들 싹싹하니
도반들 위해 다들 편히 좀 쉬라고
궁시렁대도 좋아 죽겠다는 낯으로
설거지 한다 우리 성들 다섯이

꿈

: 지리산행기 '서'

자고니러보니 꿈만 같네

세석도 천왕도 꽃담도 다

꿈속 일만 같네

어젯밤 죽전의 한잔도

꿈만 같네

스물 도반 동행한 이박이일도

도무지 꿈만 같네

재진이 '여명선생' 보고서야

생시인 줄 알았네만

아직 덜 깬 꿈이 있어

마저 깨거든

우리 다녀온 얘기 좀 할란가

남도 연서 1

늦갈 보름입니다
녹동 앞바다 둥근달 휘영청
붉다 못해 푸르스름해서
별들도 빛을 잃어 파리합디다
당신 묵은 그리움 문득 터져
나더러 보기나 보고 그저
그냥 뒤집어 자라고
저리 환하니 녹동 달로 떴는가요

당신 그러지 마요 나한테 왜
뭣 땜에 그래요 그러지 마요
이제 막 잊어 가는데 잊을만하면
보름달로 다시 와서는
불만 질러놓고 밤도 새기 전에
도망치듯 가뭇없어 눈물 나요

당신 눈부셔 하늘 별빛 죽여봤자
부질없고 부질없어라 부질없어라
우리 지상에서 나누는 술잔 속에
동행들 찬란히 떴으니 마음 멀어
당신은 이제 뵈지 않으니

그만 와요 나 졸려 잠들고 싶으니

다신 오지 마요 오더라도
눈부시게 오진 마요 오려거든
어둠속 물결로 아니온 듯 그렇게
바람처럼 왔다 인사 없이 그냥 가요

남도 연서 2
: 남도의 아침

가없는 그리움이 밤새 익어서는
일렁이는 바다에 햇살로 부서져
당신 없는 아침 붉어 글썽입니다

바람 서늘하여 물새도 아니 일은
섬과 섬 사이 일 나간 고깃배는
언제쯤 돌아와 저기 나앉은 선창에
몸을 풀어 자는 새들을 부를까요

남도 연서 3

: 적대봉 가는 길

노닐다보니 역시 반인가요
날렵한 거금대교 뒤로 두고
바람에 실려 적대봉 가는 길
햇살 쏟아져 자글자글합디다

산은 동그마니 고운 선으로
당신을 다시 본듯 반갑습디다
치마폭 곱게 수놓아 펼쳐낸 듯

가을이 온산에 익어 붉어가고
남은 햇살이 숲길에 조각조각
떨어져 산그림자 더욱 깊어져
두런두런 말들이 정겨웁다

흥양興陽, 허천난 볕이라지만
십일월 바람까지 볕에 익어서
당신 입김인 듯 따스합다
늘 가고 어디에도 없는 당신
맬갑는 그리움만 덧나는데
바람으로나 언뜻 스쳐가니
눈물이나 말리며 문득 웃어
또 눈물지으며 드는 생각이

햇볕이나 되어 가을산에 내려야
바람 기다려 당신인 듯 만날랑가요

남도 연서 4

: 낙안 금전산에
오르다

녹동에서 장어탕 점심을 먹고
그 볕을 몰아 바람에 실려선
낙안으로 훌쩍 넘어왔습니다

읍성을 감싸안 듯 우뚝 펼쳐선
금전산 허위허위 올랐습니다

저쪽 용틀임하는 바위 산마루
마주보며 가까이 극락문 지나
소슬한 원효바위 금강암에 올라
마애불 앞에 가벼이 읍하옵고

원효가 앉았을 그 자리에 빙
둘러앉아 고구마순무침에
막걸리 한잔씩을 돌렸습니다

저 아래 낙안樂安 들녘
이름마냥 편안해 보이지만
실은 왜구들 들끓어 낙안하지 못해
이름이나마 소망했겠지요

나 여기서 잠시 평안할 텐데
당신은 그곳에서 평안한가요

남도 연서 5
: 꽃담의 달밤

또 하루가 어김없이 저물고
섬진강 물낯에 땅거미 내려
사성암 가는 산허릿길은 어둠에
묻히고 새들도 둥지에 들어
날개를 접고 고개를 묻습니다

나지막이 엎드린 꽃담에선
저녁 군불 흰 연기 피어오르고
진도 새봄이 반갑다 폴짝입니다

꽃담 본채에 저녁상 차려냅니다
도토리묵 고춧잎나물 열무 – 배추
– 고들빼기 – 파 – 갓 김치… 그리고
갖은 약재 고루 다 넣은 닭백숙

곁들인 술에 애기꽃 활짝 피어
맛있는 저녁 두런 익어가는데
꽃담 지붕 위로 보름달인가요
손에 잡힐듯 부시게 휘영해요

행여 당신일까 밤새 애타지만
박꽃 없는 지붕 너머 서녘으로
가뭇없고 긴 강물만 아득하여

다시 서러워 눈물만 보태나니

차라리

달 없는 밤, 꿈에서나 보지요

남도 연서 6
: 지리산 구룡계곡
둘레길

꽃담 나와 남원으로 향합니다
백두대간 물들이며 내리달려와
이제 막 남도에서 절정을 이룬
단풍은 도처에 붉어 미쳐갑디다

열한 시 좀 미처 육모정 주차장에
차를 부리고 계곡길로 들어서니
하, 눈부신 단풍길이 타오릅니다

서암瑞岩은 무릎 꿇은 스님의
독경소리 대신 폭포소리 장하게
소沼를 이뤄 단풍잎 띄워내려
골짝은 깊이를 가늠할 길 없어요

선유대遊仙坮 이르니 바둑 두던
신선들 간데없고 은선병隱仙屛
둘러친 골에 금빛 글썽임만 가득
나 여기쯤 한줌 빛으로 내려 당신
기다리다가 바람 타고 오를까요

지주대 지나 비폭동飛瀑洞 위
깔끄막을 오르니 솔향 진동하고
탁 트인 풍광에 한숨을 뱉습니다

가을빛은 온통 골짝으로 내려
부시도록 무장 환히 불길이고
사락사락 능선에서 이는 바람에
들꽃들 볼을 부벼 하늘거립니다

정오 지나 빛이 절정일 즈음에
흰 비단 풀어내리는 듯 구룡폭포
아득한 날 구룡이 승천했을까요

저 아뜩한 벼랑위로 날아오르다
바래봉 부처에 붙들려 가문 날
비 뿌리며 또 천년을 울었을까요

남도 연서 7

: 가을이 아무리
눈부셔도

다녀와 하루어름 지나 돌아보니
그 얼마나 눈부신 가을이던지요
가슴이 시려 말문이 탁 막힙니다

흥양의 바다는 얼마나 청량하며
그 볕은 또 얼마나 허천나던지요
지붕 없는 미술관이라는 연홍도는
바람의 붓이 빚은 낙원 같았어요

섬들은 어깨를 걸고 모여 있어서
외로워 보이지 않아 뭉클했지요
거억금도의 외진 밤은 또 얼마나
푸지고 정겨웁고 흥감하던지요

금전산 아란야阿蘭若* 원효바위
반석에 앉아 바라본 낙안樂安들녘은
또 얼마나 짠하고 아련하던지요

늦은 오후 온천에 속진俗塵을 헹구고
만추晚秋 햇살에 젖은 노래를 말리며
가는 꽃담길은 얼마나 설레던지요

멀리 동해에서 매봉 넘어온 둥근달

초가지붕 지나 섬진 따라 흘러가는
꽃담의 밤은 청승맞아 아릿합디다

별안간에 온산을 덮어든 운무 이내
햇살에 산산이 부서져 해끔 가시는
꽃담의 아침이 또 눈물나게 하지요

어디 그뿐이던가요 오만 꽃차
병병이 담겨 칸칸이 들어차고
열 도반 둘러앉은 나직한 다실
발그레 혀끝에 감기던 천일홍차
노랗게 가슴에 스미던 구절초차
여기가 또 아란야인가 싶습디다

지리산 구룡골짝 길길이 처처에
마구 불길이 일어 타오르는 듯
내마저 붉게 물들어 글썽였지요

남도의 가을, 이리도 눈부십디다
그러면 뭐해요 아무리 눈부셔도
당신 생각만 하면 가슴이 아려서
눈시울이 젖어들도록 쓸쓸한걸요

가을이 무장 부시게 붉어갈수록
쓸쓸함도 깊어가 둘 데 없습니다
어김없는 계절 해마다 눈부셔도
사랑 없는 세월은 무장 슬퍼져요

해마다 눈부시다 상처만 깊어가요
내년이면 혹 당신 곁에 행복할까요

⋙→ **사족**
'아란야'는 숲속을 뜻하는 범어의 음역으로 수행자가
머무는 적정처(寂靜處)를 이른다.

밥상

: 고향 풍경
회고 1

차례 지내고 둘러앉은 밥상
떡국 한술 뜨면서 둘러본다
얼마만인가 대가족 이렇게
한 상에 어깨를 비집고 밥을
나누며 얘기꽃 피우던 때가

어머닌 연신 생선 발라다가
자식들 숟갈에 얹어 놓으며
"어여 많이 묵소 내 사람들"
지새끼들 거느려 늙어가는
자식들이라도 여직 애기다

돌아보니 도시에 매인 삶들
가족뿐 아니라 식구食口를 잃고
뿔뿔이 살아가는 나날이어니
함께 밥상 차려 나눈 지 오래
만 가지 자랑이 무슨 소용이랴

소멸
: 고향 풍경
회고 2

겨울숲 바싹 말라 푸석여도
봄의 신록 품었으니 괜찮다

고향은 갈수록 무장 말라서
삭아질 뿐 봄을 잃은 지 오래

자식들 대처로 죄 내보내고
늙어서 말라가던 노인들은
한 해가 멀도록 빈산으로
못 돌아올 길 하나둘 떠나니
빈집엔 가득 쑥대 우거지고
묵정밭 또 한 두락 느는구나

설

: 고향 풍경
회고 3

새로워서 설레니 설이라
어저껜 까치설이라지만
까치밥만 바람에 흔들려
기다리는 마음 애닲아라

낯설어서 삼가니 설이라
설에는 차례茶禮를 지내다가
차茶 없는 제사가 된 까닭은
사치와 번다를 꺼려서여라

"설"이면 또 한 "살" 붙이니
새롭게 나이 먹는 것이야
자랑보다는 더욱 삼갈 바
세수歲首의 일을 뉘 알 것인가

촛불 일 년
: 아침 운문사에서

천년의 절집 추녀끝 풍갱이
가을바람에 댕그~렁 그~렁
솔향기 온 마당에 그윽하고
대웅보전 부처 앞 촛불 삼촉

일 년 전 간절했던 천만 촛불
혁명이다 마침내 다시 혁명
그러나 시작이다 겨우 시작
혁명은 거저 그리고 저절로
오지는 않는다 결코 절대로

반혁명의 완고하고 거센 저항
정치로 포장된 온갖 음모술수
내놓고 배 째라는 저 후안무치

이것들을 박멸하기까진 다시
우리 안의 촛불 환히 밝힌 채
작년 그날 오롯이 가슴에 새겨
잊지 말아야 한다 야차의 반격

혁명의 파랑새는 우리들 저마다
일상의 갈피마다 시도 곳도 없이
속속들이 잠들어 있고 깨어 있다

깨우는 것도 재우는 것도 바로 나

운무 뒤덮인 호수 아직 잠속이고
금빛 은행단풍 햇살에 눈부셔라

거제도
재섭이

산 넘고 물 건너 다다른 섬
자꾸 엇갈리다가 마침내
벗의 기꺼운 초대 다리 삼아
어둠을 타고 다다른 섬
그곳이 빚어낸 밥상 한상 차려놓고
마주앉은 밤
바람도 자는지 파도 잠잠하고
벗의 도란거림만 가슴에 스며
천리객의 고단함이야 간곳 몰라라.

이른 아침 서둘러 와선
먼 길 배곯을까 챙겨 먹여
산 너머 통영까지 배웅 중에

알로에 로션을 쥐어주며
"면도하고 바르면 좋다네."
그도 눈물 나서 먼 산만 보려는데
버스까지 따라와서 차표 끊어주며
"잘 가게. 가거든 전화하게."

혼자 오른 버스에서
손을 흔드는 마음이 먹먹하다

잘 있게 내 친구 재섭이
거제도 재섭이

예산, 백제의
최전선
: 수덕사,
만공과 벽초

삽교천 범람원 예산당진 걸친
오십리시오리 내포들 예당호
의좋은 형제의 전설에 어울려
땅이 가멸고 기후는 온후하니
물산이 풍부하고 인심도 푸져
예덕禮德의 고을로 이름 높았으되
일찍이 삼국 중 백제의 최전선
생사의 갈림이 일상이던 변경邊境
차령산맥이 떨군 덕숭 앞섶에
숭제법사가 수덕사 창건하여
풀잎 같은 원혼들 달랬다니라

매섭다가 한결 누그러진 엄동
합정 거쳐 교대역 아침 여덟 시
만차의 벅찬 가슴으로 예산행
행담도쉼터 해풍도 다사롭다
안다시 박샌의 수덕예산 강의
종횡무진 장강을 이루는 중에
비운의 혁명가 박헌영 이르러
"조선의 로자"라는 주세죽이
눈물겹다지만, 무덤도 없다는
박헌영의 자취는 어디서 볼까

열한 시 수덕고개 덕숭 들머리
덕숭산 일대가 도립공원이라
도청 절이 짬짜미로 쩐기투합
등산로를 죄 철조망으로 막아
에둘러 길 아닌 마른수풀 헤쳐
엄동에 언 내를 지그재그 건너
마침내 덕숭 제길 잡아 오른다

호서의 금강이라 불렸다는데
절경이야 모르겠으되 인물은
만물상이니 허언은 아닐지라
온산이 솔숲으로 억년솔향기
길섶섶 잠겼다가 발자국마다
바람에 깨어 일어나 흩날려서
속진俗塵의 골병을 씻겨가누나

싸목싸목 한들한들 쉬어가며
갈피갈피 오밀조밀 어여쁘신
오솔길을 두런두런 이야기꽃
"선시禪詩처럼 들어앉은" 전월사를
두고 닫아건 산문을 바라본다
만공스님 손수 짓고 달(法)을
굴린다는 뜻으로 전월사轉月舍라네

만공이 예서 입적했으니 지금
달 굴리는 제자도 만공이런가

천오백 척 몰랑지에 올라보니
가야 용봉은 저기들 우뚝하되
부흥군 봉수임존성 어드메뇨
망국민의 처절한 마지막 항전
비바람 벚꽃마냥 스러진 원혼
대련사에 고이 편안하시기를…

사진 찍고 점심먹자니 열두 시
저어기 순천서 예가 어디라고
그저 보고 싶다는 이유 하나로
범행 세운 눈썹 휘날리며 왔네
이리 어우러져 한식구가 되는
사이가 어디 보통 인연이런가
한식구라면 순간의 실수거나
한 번의 잘못쯤 감싸고 보듬어
함께갈 줄 아는 도량 베풀 일
식구食口의 일 마치니 열세 시
올라온 길 너머로 내려가는 길
처처이 암자요 깨달음의 여정
가파른 계단길 힘들 만도 한데

형수들 깨달은 듯 만면미소라

정혜사 이르니 닫아건 뒷문으로
애틋한 전설이 바람에 날리누나
정혜총각이 수덕각시 연모하여
절을 지어 바치니 바로 수덕사라
그러곤 혼인을 약조한 수덕각시
찾아 좇으니 한짝 버선만 남기고
바윗새로 감쪽같이 사라졌다니
관음보살의 현신이라 관음바위
이에 정혜가 속세의 무상을 느껴
산꼭데기에 다다라 불사를 하니
정혜사라 그가 곧 숭제법사런가

차가워진 바람을 햇살에 데우며
내리자니 왼편 개울건너 벼랑위
만공 거처 소림초당 고즈넉하고
뒤로는 밭이랑 손수 고르셨을터
벽초랑 선농일치禪農一致 실천행이러니
대중은 본받아 무위도식無爲徒食 없기를

초옥에서 한마장 위로 길섶에는
만공탑이 윤낸 공깃돌을 얹은 듯

스님의 한 가르침을 일갈하노니
천사불여일행千思不如一行으로 노자 선생의
강행자유지자强行者有志者와 일맥상통이라
"행하는 이라야 진정 뜻이 있다!"
생각에 멎거나 말만 앞세우는 놈
아무짝에도 쓸모없단 진리인저

초옥어름에서 벽초1080돌계단
단마다 합장하며 내려오니라면
만공 벽초 사제師弟의 가르침 울려
관세음보살 자비심 꽃으로 피니
세계일화世界一花 만공의 법문 새로워라

계단이 끝나는 수덕사 뒷들머리
오른편으론 승가대학 심우牛당
아하 그래서 궁리하는 집은 다
소(牛)로구나, 왼편으론 관음전
그러곤 절집 맨 위에 앉힌 대웅전
1308년에 지은 이래 800여 년
풍상을 견디고도 흠 하나 없으니
건축술을 뛰어넘는 법력일지라
본존불 좌우로 아미타불 약사불
만공이 남원 만행산 귀정사에서
옮겨 모셔 오신 삼존불이시라니
수덕사는 온통 만공滿空으로 차기도
하려니와 비기도 해서 마음겹네

우리한텐 다안다니 박샌이 있어서
부처보살 내력에 가람배치 구도며
곳곳의 전설이며 불법승의 뜻이며

재미지게 배우고 오지게 얻어가니
그도 부처님이 이 땅에 온 복일지라

열다섯 시 절집 젤 가까운 토속식당
걸게 차린 4인상에 모동모동 앉아
허튼 세월이야 가는 거니 내비두고
있는 얘기 없는 얘기 풀어내노라니
겨울해 짧은 건가 산그늘에 땅거미
올라오는 버스에다 몸을 부렸으되
생각은 관음보살길 계단 헤아리네

⫸→ **사족**

벽초(碧超)선사는 숭덕총림 2대 방장으로, 스승의
거처인 소림초당을 비롯하여 수덕사 대부분의
암자를 손수 지었다. 똥지게를 지고 전답을 일구며
소처럼 일해 절집은 물론이고 예산 당진 일대 생민의
가난을 구제하는 데 평생을 바치면서도 공부를
게을리하지 않아 도도한 선맥을 이루었다. 오로지한
법문이라면, "이놈들아! 공부해라, 공부해."

대세지
보살님
뵈러
가는 길
: 지리산
칠암자 순례기

01

병신년 오월 초닷새 이른 아침, 사당
남도 지리산智異山 칠암자 순례길 시발始發,
우후청풍명일雨後淸風明日에
아둔한 중생들 지혜를 찾아
대세지보살大勢至菩薩님 뵈러 가는 길이라.
나는 예 있고 산은 제 있는데
설렘만으로도 이미 그 천리 간을 가득 채우니
예가 문득 비견 없을 지혜, 지리산이라
동트는 햇살인가 싶었는데
친히 오시어 환히 밝히시는 보살님이다.

02

보살님 미소 뒤로 하고
25인승 노란 버스 가득 채워 순례길 나선다.
차주이자 기사는 장세민인데
이번 순례를 위해 고생길 자처하고 나섰다니.
김밥에 원두커피로 아침 시장기를 지우고
간단한 자기소개가 끝난 이후로는
밥값 하느라, 박 법사 절집 강일 듣는다.
길디길게 이어지는 강의에도 재미난 얘기들이
양념처럼 버물려 있어 졸 새도 없이 빠져든다.
이인휴게소에 들렀다 다시 출발한 버스 안에서는

재미난 인생경험담이 펼쳐진다.
이번 순례를 위해 멀리 인도네시아에서 달려온
이종걸의 동남아 동네 회교 이야기로 시작하여
김주태의 히말라야 트레킹 다녀온 얘기까지…
김승식 선배는 '인간관계'의 중요성에 더해
일산 백석동 일대가 전국 노래방 최대 밀집지라는
긴요한 리포트를 남겼다.
마지막은 이창호가 삼법인三法印 강의로 장식한다.
삼법인은 불교의 3가지 근본 교의敎義로
제행무상인, 제법무아인, 열반적정인을 말한다.
곧 깨달음의 세계를 말하는데, 예를 들어가며
귀에 쏙쏙 들어 가슴에 담기도록 일러준다.
웬만한 공부로는 이토록 쉽게 썰을 풀 수가 없을 테다.

03
11시쯤 지리산 초입에 들어선다, 남원 인월면.
물 잡은 논두렁에 뱁새가 연신 뭔가를 쪼아댄다.
점심은 인월시장 입구 오래된 밥집의 돼지국밥,
토종흑돼지라 그런지 맛이 그만이다.
점심을 마치고 버스는 남원 인월에서
함양 마천을 향해 좁은 고갯길을 넘어간다.
계곡을 끼고 오르는데 내는 온통 돌널이다.
고개를 넘자 모내기를 마친 마천 산골 논에

오후 햇살이 가득 차서 일렁인다.
지리산자연휴양림 입구를 지나쳐
음정, 양정 지나 한참 가파른 길을 오른다.

04
영원사 주차장에 차를 대고 등산 채비를 하여
도솔암으로 오른다. 첫 번째 순례 암자다.
이곳은 "하늘이 감춰둔 땅"이라 할 만큼
속인들은 찾기가 쉽지 않은 곳이라 한다.
'결제중'이라는 팻말과 함께 빗장이 질러 있다.
결제結制는 안거安居 수행중이라는 뜻이다.
오롯이 수행을 위한 암자인지라
사월초파일 하루 빼고는 내내 닫혀 있다 한다.
그냥 발길을 돌리기가 아쉬워 소리 없이
빗장을 들추고 살금살금 도량으로 올라선다.
눈부신 햇살이 청량한 골짜기마다 가득하다.
눈앞인 듯 아득한 듯 저만치 벽소령이 보인다.
도둑 순례를 마치고 벽소령으로 잰걸음을 놓는다.
그런데 중도에 길을 잘못 들어 제 길을 찾아가느라
한참을 가파른 돌널 계곡을 거슬러 올라야 했다.
입에서 단내가 나도록 격한 유격훈련이었다.
그러느라 벽소령까지 가기에는 시간이 늦어버렸다.
십 리를 남겨두었으니 눈길로는 코앞이되

두어 시간은 걸릴 터이므로 곧 어두워질 것이다.
그래서 하는 수없이 중도에 하산하여
작전도로에서 대기 중인 버스를 타고
저녁을 먹으러 칠선계곡 앞 닭백숙 집으로 갔다.
설악의 천불동계곡, 한라의 탐라계곡과 더불어
우리나라 3대 계곡으로 꼽히는 칠선七仙계곡은
지리산 최후의 원시림 사이로
7개의 폭포, 33개의 소가 펼쳐지는 선경이다.
가는 도중 마천에서 이정권이 내렸다.
일이 생겨 급히 올라가야 한다는 것이다.
사회를 맡아 재미났는데, 함께하지 못해 아쉽다.

05
식사를 마치고 숙소인 영원사로 돌아오니
밤 10시다. 영원사는 두 번째 순례지다.
지리산 중턱 해발 920미터에 자리한 영원사靈源寺는
신라 진덕여왕 연간에 영원조사가 창건한 이후
서산대사를 비롯하여 100여 분의 선승이 수행했다는
유서 깊은 선풍仙風의 진원이다.
한때 너와를 인 9채의 전각에 100개의 선방을 갖춘
내지리 최대의 사찰이 여순사건 통에 다 불타고
1970년대 대일 스님이 중건불사를 일으켜
비록 5칸 인법당이나마 오늘날의 모습을 갖췄다 한다.

인법당因法堂에는 '頭流禪林'이라는 편액이 걸려 있다.
인법당이란 따로 불당을 갖추지 못한 작은 절에서
스님의 거처에 불상을 모신 법당을 말한다.
또 두류산은 지리산의 다른 이름이니
"백두산이 흘러내려 생긴 산"이라 해서 붙은 것이다.
우리(열여섯)는 법당 양 옆에 붙은 두 방에서 잤다.
밤이 깊어 비바람이 몰아치고 풍경이 울었다.
새벽 4시 반쯤 일어나 세안을 하고 법당에 앉았다.
법당 중앙에 대세지보살을 모시고,
좌우에는 책장에 불경이 봉안되어 있다.
출입문 쪽에는 고승들의 방명록이랄 수 있는
조실안록組室案錄이 병풍으로 서 있다.
이윽고 현조 스님의 법문이 시작된다.
나직한 음성으로 영원사의 내력이며 사람살이며
조근 조근 말씀하시는 품이 예사롭지 않다.
"한 그릇의 밥도 말만으로 되는 것이 아니고
몸을 움직여야 비로소 되는 것"이라는 말씀이 남는다.
아침 6시 넘어 스님의 법문이 끝나고
7시경에 법당 옆 공양간에서 아침을 먹었다.
갖은 산나물로 비빈 밥에 깍두기, 된장국이다.
세상에 비빔밥이며 된장국이 이렇게 맛있다니…
공양주보살님의 극진하신 마음 씀 때문인가.
가져온 빈 도시락에 점심까지 꾹꾹 채워주며

하시는 보살님 말씀이 가슴을 적신다.
"우린 그저 관리자일 따름이지요.
절의 주인은 바로 오가는 여러분입니다.
우린 그 주인을 보살피는 관리자라요."

06
오전 9시 좀 넘어 영원사 뒷길로 나와
'칠암자순례길'에 오른다.
시간 반이나 걸려 상무주암에 이른다.
현기 스님이 30여 년 참선 수행하신다는,
일찍이 지눌선사가 도를 깨쳤다는,
천하제일갑지天下第一甲地라는,
1100고지에 들어앉은 상무주암上無住庵이다.
30여 분이 지나서야 스님이 문을 열고 나서신다.
여간해선 곁을 주지 않으신다는 스님이다.
일행을 정돈하여 예의를 차린 박 법사 덕분이다.
그새를 못 참고 어정거린 경망함이 부끄럽다.
마주보이는 반야봉을 물끄러미 바라보시던 스님이
마침내 나직하게 법문을 시작하신다.
"배고프면 밥 먹고 목마르면 물마시고
졸리면 자는 게 부처"라고 하신다.
말씀은 쉽지만 뜻은 헤아리기가 반야 같다.
"세상은 진흙구덩이지만 그 구덩일 떠나서는

아무것도 할 수 없다. 불꽃 속에서 연꽃이 피듯
세상에서도 연꽃을 피울 수 있다"는 말씀이
깊은 울림으로 남는다.

07
상무주암을 나와 문수암文殊庵으로 향한다.
지리산 중턱을 굽이굽이 감아 도는 오솔길,
멀리 구름 아래 천왕봉이 숨어 있다.
또 어디에서 이토록 아름다운 길을 볼까?
문수암에 들어서니 탁 트여 일망무제다.
그래서 도가 절로 트이는 곳이라 했을까.
30여 년 홀로 수행하시는 도봉 스님이 반기신다.
법문을 청하자 이리 보는 것이 법문이라며
한사코 손사래를 치신다. 천진난만이다.
남 탓 하지 말라 하시는 말씀이 폐부를 찌른다.
다 자기 허물이요 탓이라는 것이다.
요즘 스님들 생활이 엉망이라며 혀를 차신다.
속인들 뺨치는 욕심 때문이라는 것이다.
마침 점심때라 암자 옆 천인굴 앞에 보따리를 풀었다.
스님은 오미자차며 뭐며 자꾸 내와서는 권하신다.
며칠 전에 굴러서 허리를 매우 다치셨다며
우리더러 엄나무 가지치기를 해 달라신다.
몇이 나서 순 달린 엄나무 가지를 말끔히 치고

최재영(신경외과 전문의)이 스님의 상태를 살펴
가져온 약 중에서 맞춰 임시처방을 해드린다.
참, 오랜만에 가져보는 "즐거운 점심 한때"다.

08
문수암을 나서 삼불사三佛寺로 향한다.
얼마 지나지 않아 삼불사 돌계단이 눈에 든다.
도량에 올라서니 대청봉이 눈앞에 잡힌다.
다른 암자들보다 터가 넓다는 것,
지리산 8대 산신을 모신 산신각,
아담한 삼층석탑이 있다는 것만 다를 뿐
이름만 절(寺)이지 실상은 암자다.
법당 현판이 '三佛住(삼불주)'다.
비구니 스님 두 분이 우릴 맞았다.
삼배를 마치고 나오니 시원한 차를 내오신다.
삼불사를 나와 약수암藥水庵으로 향한다.
예서 약수암 가는 길은 십 리 넘어, 멀다.
그래서 중간에 다리쉼을 하며 새참을 먹었다.
약수암 뒷산에 이르니 오후 4시 10분경이다.
여기서부터는 전북 남원 산내면이다.
뒷산 입구에 걸린 빗장이 들어오지 말라신다.
좀 내려가니 암자로 드는 큰길이 나온다.
입구 해우소 옆에 수국이 만발하여 풍성하다.

09

약수암에서 나오니 마을은 온통 고사리 밭이다.

지리산에서 흘러내려 마을을 가로지르는

계곡에서 배낭을 풀어 발을 씻고 땀을 가셨다.

우리의 기사 장세민이 이곳에 차를 대놓은 채

수박까지 사서 냇물에 담가놓고 우릴 기다렸다.

참, 해도 너무한다. 감동도 한두 번이지,

몇 번씩이나 거푸 먹으니 눈물겹다.

저물녘 남원 시내를 가로지른 버스는

17번 국도를 따라 곡성읍 지나 압록유원지 못 미쳐

섬진강 가에 자리한 '별천지가든'에 도착했다.

메기/참게/쏘가리탕으로 유명한 맛집이다.

주인장(박종선) 아들이 후배 박현수다.

경기 안산에 사는데 주말이면 예까지 내려와

부모님을 돕는다니 보기 드문 효자다.

섬진강을 보며 잔을 기울이니 술이 술술 넘어간다.

참게장이 나왔는데, 이놈은 과연 밥도둑이다.

밥에 배부르고 술에 얼큰하니 저녁 8시가 가깝다.

10

이틀 일정을 마치고 버스는 사당을 향한다.

상행에는 김희중이 마이크를 잡고 웃긴다.

그 옛날 약장사는 저리 가라다. 배꼽 빠진다.

선배들 노래도 시키고 상품으로 묘한 약을 판다.

묘약 사용설명서 대목에 이르자 다들 엎어진다.

한형종 선배의 짬짬이 배웠다는 아리랑이 구성지다.

조동헌 선배의 〈일어나〉는 우리 모두를

벌떡 일어나게 할 만큼 열창이다. 가수다.

공주쯤일까, 바람에 보슬비가 나부낀다.

우리가 청명한 지리산 허리를 도는 동안

충청이북은 내내 바람 찬 비가 내렸나보다.

밤 12시 넘어 1시 가까웠을까.

버스는 사당에 도착하여 우리를 부렸다.

다행이 비는 진즉에 그쳤는지 바람이 고슬하다.

길을 잃은
사랑 안에서

꽃차를
마시며

가으내 온 산야에 향그럽던
널 보며 나도 환히 피었거니
그토록 찬란했던 한때 지나
늦갈바람에 바싹 말린 몸을
울음 뱉듯 찻잔에 우러나선
온통 내 몸 안으로 스며드는
너의 사랑을 나 어쩔 것이냐
말린 몸을 다시 젖어 울어선
영혼까지 스미는 네 사랑을
한 모금씩 아주 천천히 넘기며
나 행복해 웃어도 눈물겹구나

내가
가진 것들

누우면 천장만 보였다가
어제 일들만 떠올랐다가
까무룩 덧잠이나 들건디
오늘은 무담시 별것 별것
다 보이니 거참 별일이시

벗어논 안경, 보다 쌓아둔
책더미, 스탠드, 몇 벌일지
모를 옷가지, 가방 1, 2, 3,
배낭, 화장품, 수납장들, 필통,
벽에 걸린 액자, 문짝 장식,
앉은뱅이 책상, 노트북, 지금
갖고 노는 이 스마트폰…

이 콧구멍만 한 방구석에만도
내가 가진 것들 이리 많았다니
새삼 놀라고 여럽다가 문득
마음속 열고 가만 들여다보니
참, 방구석은 암것도 아니어라
뭔 욕심 근심 집착 원망 아집들
그리 쏘독히 채워 갖고 있는지

그래서 이제껏 나 초라했을까
내가 가진 것들 얼마나 버리면
내 삶이 남루를 벗고 찬란할까

장자를
읽다가
: 始終一貫不分

한 해 시작이 엊그제 같은데
오늘 그 끝을 붙들고 섰으니
시종이 한 코에 걸려 있어서
끝은 비로소 또 한 시작이라
슬픔은 기쁨의 끝을 붙들고
기쁨은 슬픔 가운데 있으며
행복은 불행의 끝자리에 피고
불행은 행복한 중에 문득 오니
다 한 코에 걸려 따로가 없으되
사람들만 그것을 나누고 갈라
슬픔 없으면 기쁨만 있을 줄 알고
불행 아니면 늘 행복할 줄 알지만
끝이 없으면 시작도 없는 것 같이
세상사 이것 없으면 저것도 없어

그러니 네가 없으면 나도 없어라
넌 나의 시작이고 난 너의 끝이라
마침내 너와 나의 분별도 버리면
새해엔 저절로 서로 사랑할지니

단풍

: 지난 가을에
관한 한 생각

시린 하늘에 모닥불 놓아
냉정한 당신 마음 사르러
석 달 밤낮으로 타닥, 타닥
산도 강도 타네 붉게 타네
시퍼런 그 마음 사르러다
내 마음 먼저 살라져 우네

그대 없는
세월
: 문을 열고
나서다가

——

어둠이 내리면 나 그대 잊을까
문 열고 나서면 달로 뜨네 그대
환한 그 미소 다시 그리움 불러
어정어정 골목을 돌며 나 우네

날 밝아 꿈 깨면 나 당신 잊을까
문 열고 나서면 별로 뜨네 당신
총총 그 눈물 다시 서글픔 불러
허이허이 언덕 오르며 나 우네

이렇게 어두워지고 밝아지다가
웃음과 눈물이 섞여 한숨짓다가
머리가 세도록 하냥 기다리면은
그대가 저 문을 열고 내게로 올까

차라리 잊으려 잊어서 당신 보내려
달뜨고 별 밝은 하늘도 보지 않고
눈 감다가 눈 뜨다가 한 시절 보내면
당신 꿈인 듯 환히 웃으며 내게 올까

그대 없이 이리 세월 가네 나도 가네
꽃이 지고 녹음 지는 시절 문득 가네
단풍 지고 눈꽃 지는 시절 잘도 가네
당신 없는 세월 꿈도 없이 자꾸 지네

늦가을
소풍

비온 뒤 갠 아침 안개 서린 숲
어제는, 그렇게 시작된 어제는
이내 햇살도 부시게 피었습니다
눈부시게 피어서 꽃처럼 피어서
힘겹게 남아 매달린 잎들에 쏟아져
늦가을, 피보다 붉은 단풍입니다

도봉산우이역에서 벗들을 만나
가을바람보다 청량한 벗들을 만나
도봉둘레길 이십여 리를 걸었습니다
도란도란 나란히
어깨를 걸듯 마음을 걸고
늦가을 햇볕 쏘독한 그 길을
아껴가며 걸었습니다

백대장 인선이 걷던 그 길을
인태랑 동헌이랑 원진이랑
초대받아 사목사목 눈부신
그 길을 넷이서 나란히 걸어
또 한 길을 지었습니다

열 시에 시작된 그 길은
열네 시 좀 못미쳐 마쳤습니다

육백 년을 살아온 은행목도 만나고
가을바람에 쓸쓸한 연산군묘도 들렀습니다
김장김치 쫙 찢어 놓고
호박고구마도 묵으면서
햇살도 한입씩 가득 묵었습니다

다들 좋아라 좋아라 합니다
좋아서 나풀나풀 잘도 걷습니다
사진도 허천나게 찍었습니다
덕분에 백대장이 고생이지만
고생도 좋다고 싱글벙글합니다

산자락에 모동모동 내려앉아
묵은지삼겹찜에 술잔을 나눕니다
인태 인선이 서로 술값 계린다고
살벌하게 앵그라보다가
인선이 홈그라운드라고 상황을 접수합니다
그래서 인태는 우슬근허니 처연합니다
동헌이랑 원진이는 옆에서
쌈구경 재밌다 좋아라 합니다

이대로 물러날 인태라면 아마
태어나지도 않았을 테지요

인선이 돼지 샀으니
그럼 난 더 비싼 소를 산다며
멱살을 잡아끌어 기어이
소고기 집에다 앉힙니다
맛난 사태등심이며 안심에다
한잔 더 묵었습니다

해가 뉘엿하고 땅거미 집니다
백대장이 아이스께끼를 사서 묵입니다
덤으로
동헌이가 사는 달달한 커피를 마시면서
가을 소풍 마무리합니다

이수는 오늘도 날로 묵습니다

문득
한사랑

여름

오락가락

다시

가을 속

문득

지는 시월

오자

가는 가을

차라리

그리운

겨울

설레는

그

한사랑

접우接雨

비 맞으러 나선다
아직 잠깊은 여명을 열고
홀로 비 맞으러 나선다

간밤의 울컥한 감격 그대로
가슴에 담은 채
문을 열고 마당을 나선다

잔비 보슬거리는 어스름속
사위는 온통 젖어 있고
마당은 낱낱의 장미꽃 가득 뿌려져 환하다

비는 작약잎에 은구슬로도 맺혀 있고
등나무덤불위에 산비으로도 얹혀 있다

앵두 볼붉혀가는 꽃밭을 지나
비에 젖어 반짝이는 골목을 오르며
말갛게 멱을 감아 청량한
백련산 바라본다

숲은 온통 비를 이고
무겁게 가라앉아 있고
멀리 안산은 비에 가려 아련하다

비오는 밤,
가양
버스정류장

볕 좋다는 가양에

비 뿌리는 밤 열시 반

공진중학교 버스정류장

6712 기척 없고 인적도 끊겼지만

"동의보감 이야기" 환하게 반기니

귀가 일을 잊고 또 한 줄을 건진다

"인체는 작은 우주이니 건강하게

살려면 자연 질서를 따라야 한다."

동의보감 첫머리 신형장부도身形臟腑圖에

투영된 허준 선생의 가르침이언데

누가 한적한 정류장에 흰 벽을 세워

신의神醫의 한마음을 새길 생각 했을까

인동초

삭풍한설 온 겨울 견디느라
속으로만 내내 눈물겹다가
봄볕에 탁, 눈부시게 피어나
온 봄을 향기로 가득 채우는
인동忍冬

불꽃

오래 묵은 기다림
찰나의 폭발

깊이 엎드린 슬픔
격렬한 비상

숨어 키운 그리움
아린 글썽임

아, 마광수

독재 권력에 아첨하기는 한가지로
친일반역행위 변명 일삼는 서정주나
제자와 바람나 도망친 박목월이나
다들 '거목'으로 추겨들고 추앙할 때
시인 윤동주를 찾아내 처음 반석에 올린
깨인 선각이었다, 마광수는.
이사장 총장 학장 학과장 지도교수
박사급 석사급 학부생으로 층층이
수직 먹이사슬로 옥죄인 계급사회에서
그 어떤 수직적 권위도 거부하고
스스로 자유로웠을 뿐 아니라
모두를 자유롭게 하고자 했던
진정한 자유애자였다, 마광수는.
그를 배척하고 모욕하고 따돌리고
비난했던 자들은 사실
그의 이런 자유와 무애 사상이 가져올
계급의 붕괴가 두렵고 고까웠던 것이지,
'즐거운 사라' 같은 건 구실에 불과했다.
그런 자들 대개는 밤마다 쥐새끼마냥 숨어서
더 야한 사라를 찾아 헤맸을 터이다.

내가 그를 처음 만난 건 1994년인가
광화문 프레스센터 출판기념회장이었다.

그는 맥주를 병째 들어 마시고 있었다.
나는 마침 회사 일로
예술인마을의 미당을 만나고 오는 길이어서
미당 얘길 건넸고
그는 동주 얘기를 들려주었다.
그 뒤로도 인연이 이어져
여럿이 모인 술자리에서 예닐곱 번,
단둘이서는 연대 연구실에서 서너 번,
동부이촌동 집에서 두어 번 긴 얘기를 나눴다.
그간 시집 작업도 두 번이나 함께하면서
그의 기막힌 사연
 – 투쟁을 정말 싫어하고 두려워하는 성품으로
평생을 투쟁에 내몰려야 했던
또 그만큼 고독했던 사연 – 을 들려주었다.

그러나 그는 이렇게 말하곤
소년처럼 해맑게 웃곤 했다.
"적국의 감옥에서 죽은 시인 동주를 생각하면
내껀 고독도 아니야. 아무것도 아니라구!"

그는 생전의 바람대로
위선자들 없는 세상으로 가서 덜 외롭겠지만
나는 그 천진한 웃음을 어디 가서 또 만날까

빗물의 무게

밤새 내린 비 아침까지 내려
핑계 김에 백련산행 거르고
집 뒤 언덕에 우두망찰 서서
빗물의 무게를 재보려다가
문득 각기 우산, 짚신을 파는
두 아들을 둔 어머니 얘기가
떠올라 허튼 생각을 지웠다

가을비

나 편히
잠든 밤새
한잠도 없이
내렸다

바람에
흩날리며
갈피도 없이
울었다

가을 감악,
슬픈 사랑

한북정맥 끝자락 경기 오악
검푸른 바위산이라서 감악紺岳

가을이면 처절히 타오르는
타오르다 겨워서 노오랗게
질려서 슬피우는 아린 사랑

삼국시대 말 이곳 임진강은
고구려와 신라의 국경지대
마을 하나, 또 한 밤 새로
고구려였다가 신라였다가
도무지 갈피가 없는 가운데
죽어나는 건 그저 백성이요
사랑도 슬피울어 사무쳤다

설아는 감악 기슭의 약초꾼
고구려 백성 우야기의 외딸
감무는 새파란 신라 장수로
북한산성 별동대장이었다

감무가 적성 고구려 진지로
정찰을 나갔다가 발각되어
부대는 몰살하고 혼자 살아

숨어 들어간 데가 설아의 집

설아는 일찍이 정인情人이 있었다
수돌인 설아를 연모해 애탔지만
설아가 눈길도 한번 주지 않자
날마다 감악에 올라 임진강이
불도록 하염없이 울며 지냈다

그러다가 설아의 늙은 아비 대신
수자리를 자청해 멀리 떠나는데
설아는 차마 그대로 보낼 수 없어
수자리 마치고 돌아오거든 그때
혼인하자며 무사귀환을 빌었다
수돌인 삼년 지나도 소식 없거든
죽은 줄로 알고 잊으라 당부했다

삼년이 거진 다 되어가는 그즈음
아비는 약초 캐러 가고 없는데
다 죽어가는 감무가 숨어든 것,
정성껏 보살펴 그를 살린 설아는
그만 가슴 떨리는 사랑에 빠졌다

이내 그 삼년이 훌쩍 지나 감무는

기력을 거의 다 차려가고 있었다
그런 감무 역시 설아에 푹~ 빠져
얼빠지도록 사랑의 열병 앓았다

약초 캐러 간 아비가 돌아오자
둘은 어렵사리 허락을 얻어
혼례를 치루고 첫날밤을 맞았다

운명의 장난일까 바로 그날밤
수돌이 다리 한쪽을 절며 돌아와
다정히 누운 신랑신부를 보았다

절망한 수돌은 울부짖으며 냅다
감악으로 내달려 천길 벼랑으로
몸을 던지니 지금의 까치봉이다

깨어나 수돌을 뒤쫓아온 설아는
이미 늦어 날이 새도록 슬피 울다
몸을 던져 수돌과 하나가 되었다

아비와 감무가 뒤늦게 둘을 찾아
그 자리에 묻고 돌탑을 쌓으니
둘은 죽어서 그리 부부가 되었다

온산이 핏빛으로 물든 그 가을에
수돌과 설아가 흘린 눈물에 젖어
흰 바위들은 검푸른 물이 들었다

그 뒤로 홀연히 사라진 감무는
아무도 종적을 알지 못했는데
감악 저 너머 운악 만경대에서
가을이면 한 마리 새가 나타나
사람의 목소리로 슬피 울었단다

그러면 설아 수돌의 돌무덤도
가으내 따라 슬피 울었다니
사람들은 죽어 새가 된 감무가
가을이면 못다 한 사랑을 찾아
만경대 넘어 매양 온다고 했다

가을 연서 5
: 만추 감악에서

어제 오후에는 차운 비바람에
젖은 낙엽이 져 스산했습니다.
당신 향한 내 그리움도 그렇게
젖어 날 저물도록 쓸쓸했지요

비는 그쳤지만 밤새 서리 내려
숲은 시퍼렇게 벌벌 얼었다가
아침 햇살에 겨우 풀려 일어나
다시 볼 붉혀 환히 맞아줍니다

경기 파주 적성 설마리, 옛 양주
감악은 출렁다리로 이름났지만
갈피갈피 속속들이 절경입니다
이천 척 나직한 능선길이 전망은
가히 이만 척 일망무제 훤합디다

장군봉에 서니 발아래 임진강
흰물결 구비구비 돌아흐르고
남으론 북한 도봉 수락 불곡 도락
어깨를 걸어 나란히 두런거리고
북으론 송악 천마 화장 국사 수룡
보이는 듯 마는 듯 아련합니다

장군봉에서 한고개 넘어오르니
임꺽정봉이라, 그 아래에 한때
꺽정이 피신한 굴이 있다는데
천길 벼랑이라 보진 못했지요

외척이 발호하여 문란하던 그
명종연간은 도처 지옥이었지요
꺽정이 무리를 모아 경기 황해
평안 삼도를 휩쓸고 다녔지만
오죽했으면 왕정의 면전에서
사관의 붓끝이 울부짖었을까요

"재상이 멋대로 탐욕을 채우고
수령방백이 백성의 살을 바르고
뼈를 깎으면 고혈이 말라버린다
그리하여 수족을 둘 데가 없어도
어디 하나 하소연할 곳도 없다
굶주림이 절박해도 끼니가 없어
목숨을 잇고자 도둑이 되었다
그들이 도둑이 된 것은 왕정의
잘못이지 그들의 죄가 아니다."

온통 검푸른 돌능선을 오르내려

어지간히 허기가 질 때쯤에
정상 비탈 양지 바른 데에 보따릴
죄 풀어놓고 점심을 먹습니다
젓가락질 한 번에 늦가을 햇살도
한 줌씩 묻어 들어가 다들 볼이
발갛게 달아올라 단풍이 집니다

한 구비 돌아내려 문득 바라보니
임진강 더욱 가까이 엎드려 울고
설아가 수돌 따라 뛰어내렸다는
까치봉 아래 천길벼랑 아뜩합니다

사랑이 본래 슬프고 아픈 걸까요
슬프고 아파서 사랑이라 할까요
설아와 수돌의 못다 이룬 사랑
까치봉 울며 내려와 산 발치에
범륜사 핏빛 단풍으로 피어났을까요

그 절집 앞마당 거대 관세음보살상
동양 최대 백옥상이라 자랑 삼는데
참, 자랑 삼을 일도 되게 없다 싶어
스님들 하시는 꼴이 한심해 뵙디다

보살상 뒤편 구석에 겨우 두어 자
고색창연한 비석 있어 가만 보니
풍상에 글 지워진 몰자비沒字碑
그 아래 양쪽에 두어 뼘 두 부처님
은은한 미소로 앉아 계십디다

가을 감악 핏빛 슬픈 사랑의 한도
저 돌부처님들 미소로 풀렸을까요
가을 고울수록 당신 생각에 무장
가슴 아려 돌부처님들 마음에 담아
모셔왔지만 자꾸 눈물이 나는걸요

낙엽 다 지고 눈이 내려 덮으면
부처님 공덕으로 평안해질까요

아득한
그리움
너머에서

한 해를
보내며

또 한 해 저문다
이른아침부터 함박눈 펄펄 덮어쓰고
또 한 해 소리도 없이 진다
사람들 저마다 차마 말 못할 아픔 하나씩
쌓이는 저 눈 속에 묻은 채
또 속절없이 한 해를 보내겠구나
앞엣것 지면 뒤엣것 새로 피어오르듯
내일이면 또 새로운 한 해가 밝겠지만
나는 한 살 나이 먹어갈수록
새롭게 피는 것이냐, 새롭게 지는 것이냐

끝내 피는 듯 져가는 인생일지언정
한순간이나마 피어날 힘만 있어도
새해엔 그렇게 활짝 피어보고 싶다

지나고
보면

젊은 날 가슴 헐리도록
끙끙 앓아눕던 열병도
한세월 지나고 보니
그저 희미한 추억입니다.

오고가는 인연에 붙들려
꺽꺽 울어 삼키던 슬픔도
한세월 지나고 보니
그저 삶의 한 갈피입니다.

때도 없이 눈시울 뜨겁고
가슴 먹먹한 우리 사랑도
한세월 지나고 보면
그저 빛바랜 그림으로 남겠지요

비오는
가을 강

가을비 무장 짜락거리는데
어쩌자고 하늘은 저리 환할까

가슴엔 눈물 흥건한데
어쩌자고 낯 가득 웃음이 날까

불꽃같은 사랑,
재로 날렸어도
오랜 그리움,
깊은 강물로 흐르는데

달리의 사랑

: '살바도르
달리'를 읽고

죽은 형의 그림자를 달고 태어나
늘 '살아 있는 나'를 내보이고 싶어

줄곧 흑백의 심연으로만 파고들던
그는 너무도 어린 나이에
격렬하게 폭발하며 일상을 버렸다

퇴학과 투옥, 타락으로 점철된 세월 따라
그의 재능과 광기는 시나브로 무르익었다

천하의 피카소도 그 그늘 아래 묶어두지 못한
달리의 열정은 '초현실의 나'를 향해 치달았다

첫눈에 빠져버린 엘뤼아르의 아내 갈라,
열 살이나 연상에다 남의 아내였지만
눈도 마음도 멀고 영혼까지 사로잡혔다

그 순간 이후 달리의 모든 것은 오로지
갈라를 위해 존재하고, 갈라가 있어 의미로웠다

세상의 비난쯤이야 한낱 입방아일 뿐
아버지의 절연도 서슴없이 받아들인 그에게는
오로지 갈라, 갈라만이 유일한 삶의 빛이었다

갈라를 향한 그의 사랑은 내내 '미쳐' 있었지만
오로지 그 사랑만이 그의 삶이었고 그림이었고
모든 것이었다, 그 밖엔 아무것도 바라지 않았다

갈라 앞에서 그의 사랑은 젖먹이 어린애였으며
아무리 마셔도 목이 타는 영원한 갈증이었다

달리는 그 사랑을 이렇게 말하며, 평생을 설레었다
"그녀의 왼발이 아프면
너도 왼발에 그 아픔을 느껴야 하느니."

여름 밤
흰 아침

장맛비 막 비껴간 여름 밤
청량하다 못해 소슬한데

찬 소주 짜르르 목젖을 타고
가슴 뚫어 내리는가 싶더니

아득한 심연 눈물로 고여서는
이내 열기로 치밀어 오른다

밤 깊을수록 바람은 더 숨가쁘고
마음은 갈피없이 천리를 오간다

별 하나 보이지 않는 까만 하늘
아까 보던 달은 어디로 간 걸까

흐르는 구름 사이로 보일 듯 말 듯
밤내 애만 태우다 맞는 흰 아침

그리움

서늘한 달빛 아래
산 그림자 길게 드리우고
개망초 바람 따라 하얗게 물결치며
어둠 저편으로 바삐 내달리면
멀리서 날 부르는 소리
잊힌 그리움 다시 깨우다

폼 나는
거짓말

버리는 게 얻는 거다 하고
비우는 게 채우는 거다 한다
지는 게 이기는 거다 하고
죽는 게 사는 거다 한다

참말 그럴까

얻기 위해 버리는 게
참말 버리는 거고
채우기 위해 비우는 게
참말 비우는 걸까
이기기 위해 지는 게
참말 지는 거고
살기 위해 죽는 게
참말 죽는 걸까

그래서일까

버려도 얻지 못하고
비워도 채우지 못한다
져도 이기지 못하고
죽어도 살지 못한다

세상에 얼마나 될까

얻지 못해도 버리고
채우지 못해도 비우는
이기지 못해도 지고
살지 못해도 죽는

그런 영혼 얼마나 될까

처서를
보내며

: 서교동 골목에서

이제 막 뜬물 가신 알곡들의
눈물겨운 해바라길 시샘하듯

하루걸러 이틀씩 짜락거리며
달포 가까이 햇빛을 삼켜버린

징상스런 비 귀신 한순간에 가시고
여름볕 여직 서슬이 쨍한 한낮에

무심코 앞뒤 트인 골목을 지나다가
서늘한 바람에 쓸려가는 여름을 보았다

처서를
보내며 2
: 10년 후
서교동 골목에서

칠월 마른장마 뒤 끝에 퍼붓던 모다깃비*에
여름과실, 채 익기도 전에 목을 떨구더니

팔월내 쨍쨍 쪄대는 뙤약볕에
가을나락, 또록또록 잘도 여물것다.

입추 말복 다 지나고 이제 처서,
여름볕 여직 서슬이 쨍한 한낮에

무심코 앞뒤 트인 골목을 지나다가
서늘한 바람에 쓸려가는 여름을 보았다

⫸ **사족**
모다깃비: 뭇매 치듯이 세차게 내리는 비

해후

갓 씻은 듯
말간 새벽하늘

선잠결에 놀라
부스스 물기를 떠는
길섶 갈색 초목

그린 그믐달
희끔하게 저무는데

등 뒤에서
동그마니 웃는
그대

만설 晩雪

사르륵 사르륵
언제부턴지 모르지만
새벽까지 눈이 내린다

먼 그리움 고이 쌓고 싶어
깊은 밤 어둠을 틈타
하얀 소복 옷고름을 푼다

분망한 세상 빈틈없이 덮고 싶어
모두들 잠든 사이에
한숨도 쉬지 않고 펄펄 내린다

경칩도 내일모레
문득 봄이려니

오래 삭인 그리움
눈물로 내보이긴 싫어
차라리
환한 눈으로 내리는가

첫 만남

참,
오랜만에
기실 것 없이 떠들면서
잘,
놀았습니다.

누군갈
처음 만나는 건
또 한 우주를
내 안에 맞이하는 거라서
조금 두렵기도 하지만
늘 설렙니다.

어느 "햇빛 게으른" 오후
느닷없이 찾아가
찻잔 두고 마주앉아
"쓸데없는" 얘기 나누어도
마냥 즐거운,
그런 사람 만나면

오늘 하루,
또 행복합니다

건널 수 없는 강

강은 이미 너무 깊어져
아무래도 이젠 건널 수 없어라
천길 깊이 잠긴 강은
속울음 들먹이며 자꾸 밀어내고
하냥 세월 흐르며 숯이 되어간대도
아린 사랑, 머언 발치에서
매양 꽃잎으로나 띄우옵나니

가을 애상

넋 놓고 보내옵는 슬픔 깊어
꽃 지는 소리 더욱 에는 새벽

밤내 속으로만 하염없는 울음
갈바람이 쓸어 대숲으로 내닫누나

좋은 날 기쁜 노래 여윈 뒤
마음 둘 데 갈 곳 하나 없어
달 뜨고 지는 줄도 모르겠구나

억겁 세월 흐른 저 먼 날에야
오고 감에 마음 두지 않으려나

여름날
저녁놀

발갛게 타오르는 하늘,
차라리 슬픔이다
해거름에 잠긴 도시는
희미한 그림자만 남기고
온통 붉은 빛 천지
가슴 깊은데서 눈물 솟는다

하, 저 불길 속으로 빨려들어
젖은 육신, 남김없이 태우고 싶다

마침내 다 타서 흩날린 뒤에
내게서 무엇이 남는지 확인하고 싶다

화천 가는 길

서늘한 아침바람 가르며
일동 이동 지나 백운계곡
가을길섶 키작은 코스모스
힘겨운 마지막 꽃잎들

샛바람에 하얀 치맛자락
산허리 벼랑 끝 이동폭포
백여 마장 이어진 태고의 늪
신이 빚어 부신 가을 화원

눈이 감기도록 푸른 하늘
백운계곡 돌아올라 광덕고개
아득하던 하늘도 몸을 낮춘 곳
솜구름 발아래 눕고 숨죽인 바람

초롱거리며 노니는 청솔모 하며
벼랑마다 하늘거리는 들꽃 하며
막 볼 붉혀가는 만산의 단풍 하며
오래 잊은 가을 풍광에 사로잡혀
건들건들 백운, 광덕, 사창 그 옛길
고양 원당에서 화천 사내까지
해찰부리며 가을 익어가는 삼백 리

돌아오는 길에 차를 세운 아주머니들
구수한 산밤 안흥찐빵 차비 삼아 내고
부신 햇살에 도란거리는 가을 얘기…

가을은 그렇게 익어가더군
마음에서 먼저 익어가더군

잘 산다는 것
: 수유리에서

잘 먹고 싸기만 하면,
잘 사는 걸까
두려운 속내를 감추고
현실을 핑계 삼아 도망치는
이골이 난 '땜빵인생'이
정녕 사는 것일까
참말,
이렇게 살아도 괜찮은 걸까
'행복'에 속아 너절하게 살아도
나 벌 받지 않고 무사할까
이렇게 뻔뻔하게 살아도
아무 일 없이 넘어갈까

나는 천생 속물이었을까
내 영혼이 펄펄 뛰던 그 한때는
내 삶에서 '사치'였을까
이렇게 사는 것이
본래의 나로 '잘 사는' 것일까

미쳐 버리겠다
내가 어떤 놈인지 몰라서
어떻게 살아야 할지 몰라서
정녕 미쳐버리겠다

새해 단상

참으로 머언 길을 달려왔건만
문득 돌아보니 그도 한순간이다

그저 또 다른 하루일뿐이련만
해가 바뀌는 이 한 매듭에
갖은 상념이 우우 몰려들고
어찌 이리 더운 눈물이
싸하니 가슴을 적셔드는 걸까

새해마다 버릇해온 그럴듯한 다짐은
늘 부끄러운 자책으로 끝나왔지만
나는 또 어김없이
새로운 다짐 하나를 마음에 담는다

아무리 모자라도
오늘보다는 나은 내일을 위해
나는 묵은 자리를 털고 일어선다

아직
생각이 머문
자리에서

꿈

꿈꾸지 마라 그대
가망 없는 꿈은
삶을 짓누르는 악몽

꿈꾸지 마라 그대
억지로 붙든 꿈은
삶을 유폐하는 감옥

꿈꾸지 마라 그대
삶을 밀어낸 꿈은
영혼을 파먹는 저주

꿈으로 고달픈 나날
그 억압에서 놓여나
오늘 자유로워져라

그 소박한 자유로
나를 사랑하라 그대

꿈 대신 사랑으로
하루를 건너라 그대

언필귀명 言必歸名

: 말은 반드시 그
본뜻을 찾는다

피칠한 옥좌에 오른 수양은
부처팔이로 자비를 희롱했고

우남은 영달 위한 사교놀음을
독립외교로 속여 치장했으며

천황폐하께 혈서로 충성맹세한
다카키는 애국애족을 팔아먹고

시민을 학살하고 권좌에 앉은
일해는 정의로운 사회 외쳤다

특권 누리며 특별하게 살아온
태우는 보통사람을 욕보이고

최씨 일가에 속수무책 놀아난
근혜는 원칙으로 먹고 살았고

평생 거짓과 사기로 탑을 쌓은
명박은 정직에 수모를 안겼다

그러나 그런다고 그런 말들이
본뜻을 잃고 달라질 리 없다

태극기

: 3.1절 아침에

며칠 밤을 날라졌을까, 태극기
빼앗긴 나라 찾겠다는, 출사표
품에서 품으로 건네진, 아우성
마침내 온 나라 뒤덮은, 큰 물결
구국의 주검들 덮은, 붉은 수의
해방의 기쁨 맘껏 목놓은, 환호
반쪽에선 금지된, 분단의 슬픔

그렇게 100년을 건넌
2018년 오늘 다시 시청광장
성조기에 묶여 치욕에 휩싸일
매국의 후예들에 포박된 포로

예수의 눈물

: 예수 탄일에 부쳐

요한이 기록하기를,
유월절이 다가오자 예루살렘으로 간
예수는 분노하여 성전에 가득한
장사 물건이며 장사꾼들을 모조리
내쫓고 판을 들어 엎었다
예수는 또
성전의 허울을 쓰고 장사하는 집을
당장 허물라 하고 그리하면
사흘 만에 온전한 하느님의 집을
다시 짓겠다고 하니
저들은 기껏 벽돌건물이나 떠올리고
어찌 그리할 수 있느냐며 의심할진대
예수가 이 몸이 사흘 만에 성전으로
다시 돌아오리라 하였다

오늘날 성직자의 탈을 쓴 장사꾼들을
향한 준엄한 분노요 경고이니
예수의 가르침으로 돌아오지 못하면
영원히 천박한 돈의 노예일 뿐이니
그 더러운 성직자의 가면을 벗으라
그 돼지우리 같은 성전을 허물라
예수를 팔아 신도들 등쳐먹는
그 추잡한 짓을 당장 그만두지 않으면

불벼락이 내려 남김없이 불살라
흔적도 없이 지우리니 그만두라

이 거룩한 날에 온갖 잡것들은 가라!

검사
임은정

새벽에 나오는데 배달된 신문
낮에 대문짝으로 걸린 반가운
얼굴 수수하니 참말 환합디다
사람들 말로 "여"검사 임은정 –
참, 검사면 검사지 "여"검사는

아마 육년 전인가 그럴 거예요
'소현세자' 작가 이정근 선생이
열혈 팬 생겼다며 싱글벙글이대요
나중에 만나보니 검사 임은정
꼭 민방위훈련복 같은 차림으로
소탈하니 웃는데 참되보입디다

뭐 이런 검사가 다 있나 싶대요
역사 얘길 하는데 종횡무진으로
깊고도 넓어서 그 독서를 가늠할
길이 없고 조직에 대한 애정이
바위 같아서 그 자그마한 체구가
태산인 양 높고 커보입디다

마음 같아선 책을 내든 뭐든 해서
낱낱이 까발려 내보이고 싶지만
현직에 있으니 그 안에서 대드는

것이 온당하다며 해맑게 웃대요
참 뭣같아도 내 몸을 담고 있는
그릇이니 깨끗이 닦아야지 어찌
깨버릴 수 있겠는가 말했지요

그가 책을 내믄 꼭 나랑 작업한다
약속했지만 그게 뭐 대수겠어요
그런 사람 반듯한 그런 검사 하나
큰 꿈을 이룬다면야 춤이라도
추어야지 그깟 책이야 뭐겠어요

잠

: 해거름
3호선에서

신사역, 구파발행 3호선 전철
선 채로 무릎 꺾여가며 자울자울
어젯밤 고작 그 한잠 밝혔다고
자리 나자 아예 고개 처박으며
코까지 곯아떨어질 태세라니

오래 한잠도 못자면 죽겠구나
그래서 잠을 안 재우는 고문이
유신중정에 악명 자자했구나
그렇게 미치다가 바숴질 테니
세상없어도 잠은 자야겠구나

아무리 그렇다한들 자면 안될
끔찍한 순간들이 도처에 널려
우리의 잠들을 훔쳐내는구나
대체 우리 모두 깊이 잠들기를
종용하고 겁박하는 자들 뉘냐

잠든 새에 털린 약자들의 영혼
이제야 깨어 미투로 겨우 깨어
아우성 귀 기울이는 세상 만나
눈물을 말려 꽃으로 피는구나
겨우 시작, 아예 끝장내고 말자

그래서 제발 편히 잠 좀 잤으면
불면의 밤마다 차마 죽지 못해
애끓는 속울음 삼키는 설움이
더는 없어서 잠이 평안하도록
더러운 욕망들 영원히 재우자

예수,
서 검사를
응원하다
: 법원검찰청역을
지나며

대한法국 검새야 판새 변새야
니들이 정녕 법이 뭔지 아느냐
물(水)이 흐르는(去) 길(道)이
진정 법인 줄을 요행히 안다면
니들이 벼슬이랍시고 뻐기며
팔아 처먹는 "법"은 법이 아니고
법이 사라진 자리에 대신 세운
법의 똥도 못되는 "문턱"이거나
공갈일 뿐이란 것도 알겠구나
그런 따위를 법으로 포장하여
등쳐 먹어온 내력도 알겠구나

일찍이 니들 법충이法蟲吏
업자 호구 잡아다 대령시키고
견찰이 호위 공수해준 미녀들
갈비뼈 찾은 양 옆에 착 끼고
30년산에 다금바리 음담패설
형님 아우 흥이 도도해지거늘
세상은 우리꺼니 까부는 놈은
이참에 아작 내서 뜨거운 맛 좀
보여 알아서 기도록 하자것다

그도 무료한지 역시 쩩검이라

발상도 쎄끈허니 놀라운 호기
이 자리 서방 꼬셔 병풍 뒤에서
홀랑 벗고 쎅질 허는 년한테는
팁을 몰아 돈백쯤 찔러줄 테니
어디 쌩뽀르노 한판 벌여보라
이윽고 발정난 개들 흘레붙듯
한 쌍이 공개 뽀르노 헐떡치니
질탕대소 무릉도원이 예로다

니들 노는 꼬라지 이러할진대
개혁 말만 나오면 셀프쌩쑈에
명예 어쩌구 하는 그 주둥이가
참으로 가증스럽고 가소롭도다
니들이 동료들조차도 접대부로
취급해 능멸한 줄을 나 진작에
알았다만 "수청"들지 않는다고
작당해서 모욕주고 찬밥 만들고
니들은 별짓 다하면서 희희낙락
승승장구 나는 새도 떨어뜨리며
손에 쥔 세상을 망가뜨렸더구나

니들이 세상을 욕되게 하는 사이
니들한테 당한 서 검사는 팔 년을

냉가슴에 피눈물로 보냈더구나
내가 안다 니들이 해온 짓거리,
니들이 해코지한 힘없는 동료를
한데로 내쳐놓고 전화질해서는
"어이 동생, 그년 그리 보냈으니
버릇 좀 가르쳐놔. 잘 얼러 한번
먹든지. 그래야 고분고분해질걸."
"어이구 형님, 그 촌년 하나 땜에
맘고생 많으셨지요. 잘 요리해서
따끈히 데워 다시 올리것습니다.
그런데 제가 촌구석 3년쨉니다.
그때 그년도 이젠 잠잠하니 슬쩍
저 좀 끌어올려주십시오, 형~님!"
"암, 그래야지. 아우가 우리 대신
독박 쓰고 내려간 건데. 곧 되네."

잡것들아, 이게 니들 노는 꼴인데
하느님 용서로 사함을 받았다고?
내가 니들 같은 악귀들 죄사하느라
십자가에 못 박혀 피 흘린 줄 아느냐
니들 마음대로 "법"을 갖고 논다고
죗값도 안 치르고 안녕할 것 같으냐
내 친히 붓다 형님께 니들을 보내서

팔간지옥의 고통을 차례로 맛보게
할 테니 어디 그따위로 놀아보거라

잡것들아, 돈독에 대가리를 처박고
권력의 똥밭에 온몸을 굴러먹으며
약한 자 없는 놈은 무참하게 짓밟고
강한 자 가진 놈엔 꼬리 살랑거리며
"똥꼬 핥아대는 법"으로 사는 니들이
법의 이름으로 정의를 입에 올리니
노자 형님 몟장 들고 일어나시것다

니들이 법의 이름으로 세웠다는
그 알량한 정의는 대체 어딨느냐
니들이 법을 빙자해 망가뜨리고
부수고 짓밟은 세상이 지천이고
그에 따른 원망이 하늘을 덮거늘
교회 가고 절에 가서 용서를 빌고
복을 구하는 삼시랑은 무엇이냐
그래서 저번에 스폰서가 니네들
죄악을 세상에 까발렸을 적에도
스폰서만 감빵 가서 신세 조지고
니들은 무사무탈했던 것이냐

너희 죄가 무장 강으로 넘쳐나고

억울한 사연이 하늘에 사무치니

내가 서 검사를 제이티비시에 보내

니들 자신조차도 아니 믿길

그 추잡한 죄상을 낱낱이 알려서

다스리고 바로잡으려는 것이니

석고대죄하고 처분을 기다리라

⋙→ **사족**
여기 등장하는 장면은 실제로 있었던 일이니, 지금도
벌어지고 있겠지요.

미개 未開

"생활수준이 낮고
문명이 발달하지 못함"이라는
국어사전 풀이는 잘못되었다
생각이 끊어진 자리에 비로소
마음이 열린다(開)고 했다

삿된 생각으로
자기 잘못을 덮느라
마음을 열지 못하는 것이
바로 미개한 것이다

우리는 아직 미개한가

새해 첫날
목욕탕에서
: 苟日新日日新
又日新

몸의 때를 불려 벗겨내려고
욕탕에 들어앉았다가 문득
내 마음의 때는 어찌 벗길까
아뜩하여 곰곰 생각해보니
송구영신이란 그저 습관처럼
가는 해 보내고 오는 해 맞는
아무 내용 없는 의례가 아니라
날마다 치열하게 새로워지려는
"구일신일일신우일신" 정진이라
"진실로 새로워지려거든 나날이
새롭고 또 새로워져야 한다"는
제왕학 대학大學의 한 구절로
"탕 임금이 세숫대야에 새겨두고
아침마다 가슴에 담았다"고 했다

나마스떼,
나마스까르

인도 네팔의 인사법 혹은
인사말이라는 산스크리트어,
두 영혼이 서로 경배한다는
온 마음을 기울인 경건한 인사,
합장한 손에 눈은 감은 듯 내리깔고
공손히 고개 숙여 한 우주를 바치는
소통과 용서와 화해의 일상 의식,

골목을 지나다가 마주친 이들이
다 나의 부처요 예수라 생각되어
나도 모르게 그만 나직이 읊조려
손 모아 나무관세음보살 할렐루야!

잘못 탄 버스

망설이다 153번 타고 보니
110A 탈 걸 잘못 탔지 싶다
부리나케 머릿속에서 주판
튕겨가며 숙고를 거듭한다
내려서 갈아타면 끝가서 편코
이대로 가면 끝가서 고생이니
내려서 7분을 기다리기로 했다

그러다 문득 부아가 치밀었다
정작 인생의 중요한 일들은 죄
대충 기분 내키는 대로 해왔음서
이깟 일로 이리 버둥대다니 참
인생이 이런가 싶어 쓸쓸했다

절두산을
지나며
: "모든 절차를
생략한
선참후계先斬後啓"

망원정에서 잠두봉으로 이어지며
백로 유유히 노닐던 선유봉 껴안은
강변 풍정은 한강 제일경이었고
양화진은 북새통으로 활기넘쳤다

1866년 불 함대의 양화진 침범을
기화로 흥선은 불 선교사 9명과
조선인 신도 8천여 명을 죽였다
신문도 회유도 어떤 절차도 없었다
시산혈해屍山血海를 이룬 잠두봉은
이때부터 절두산切頭山으로 불렸으니
새남터 대신 숱한 목 잘려 내걸렸다

피를 둘러쓴 절두산 붉은 벼랑에
쑥부쟁이 가을꽃 바람에 처연하고
피를 씻어간 강물은 햇살에 부시다

빗소리

더위 끝에 찬비 내리기에
반겨 한참을 바라보다가
빗소리 한 절창을 얻으려
요리조리 머리 굴려보고
혓속에 넣어 소리도 내본다

차락차락 차비작차비작
사르락사르락 보슬바슬
새비작새비작…

그러다 문득
"소리 없이 내리는 비"
유행가 한 구절에 깨닫는다
그렇지 참, 비는 소리가 없지

없는 소릴 공연히 찾았으니
비를 맞아 제각각 한 소리를
내는 것들이 비웃는 성싶다
함석지붕은 또르락또르락
여름청산은 소르락소르락

소리 없는 비
종일 내 맘에 사락거렸으면

남대문시장에 가다

막내가 회를 떠왔대서
남대문시장으로 갔다

저녁공기는 축축했지만
걸음마다 바람이 일었다

비좁은 계단 올라서니
단출한 웃음들이 맞았다

어떤 때는 우허니 있어도
무장 허기지고 쓸쓸했다

어제 그 막내네 횟집에선
성큼 마음으로 다가왔다

밤 깊어 겨우 떠나는 발길
걸음마다 눈부신 별이 떴다

별 다섯 번갈아 찬란했다
평원왕옥종웅원준재진영두

여름 관악에
놀다

서울공대 뒤쪽 길은 우락부락해서
암벽자갈등반의 연속이지만
수자秀姿한 것이 과연 서금강西金剛,
몰랑지에서 바라본 관악은
오지랖 넓은 후덕한 아낙이다

수풀이 받아 마셔 감춘 비는
땅속 열린 내로 스며서 내리다
무릎께에서 폭포로 쏟아진다

다섯 놈, 옛적 깨복친구로 돌아가
한여름 녹음 속 얼음 같은 소에서
한바탕 재미지게 놀고 나니
어느새 하루해가 뉘엿거린다

규는 껀정하니 반듯한 것이
잘 깎아 세운 금강金剛이요
균은 아담하니 딴딴한 것이
들고 보면 깊은 묘향妙香이다
기는 수더분하니 덕스런 것이
한없이 넉넉한 지리智異요
갑인 동그마니 우뚝한 것이
고고한 듯 다정한 한라漢拏다

여름 한날 좋은날 진종일

봉래 묘향 방장 한라 사우 더불어

명경지수에 희희낙락 오지게 놀았으니

나는 사철 흥에 겨운 무악巫嶽이라네

해거름에
한강을 건너며
: 심천心泉 소병화

병화가 책을 선사한대서 만나
점심을 함께하고 차도 마셨다
잠깐새 밥값도 지가 치러분다
올 사월부터 배우러 다닌다는
한문 사부의 노자 풀이 책인데
각 장을 단 한 자로 표현하여
그것을 손수 붓글씨로 썼다
선문답 같은 도덕경 오천 자를
여든한 자에 담은 전례 없는 책이다
그뿐이라면 말도 아니했을 테다
간지에 나만을 위한 헌사까지 있다
"眞水無香(진수무향)!"
진인담백眞人淡白이란 말로
선비들에 회자된 노자 명구이다
병화는 저간의 파란만장 남 일인 듯
담담히 풀어놓았으나 그 갈피마다
저리고 아리는 아픔이 흥건했다
지금은 환골탈태 중이니 괜찮다 했다

심천心泉은 물이 없는 자길 위해 사부가
지어준 이름이라며 샘처럼 웃었다

저물녘 한탄강에서

저물녘 한탄강으로 오라기에
이 밤 물놀이 하잔 건가 싶다가
전철 타고 양화다리 건너는데
저만치 선유도 그 많던 신선들
어디 가고 홀로 적막강섬인가
당산역 9번 출구 앞 지하 1층
한탄강 홀로 앉아 노래짓자니
현기친구 재순동생 반가워라
저물녘 한탄강 세 번 한탄하네
못 찾아서 헤매느라 한탄하고
동섭이 목빼 기다린다 한탄하고
왜 진작에 몰랐던가 한탄하네
저녁 익어가는 당산동 한탄강
못생긴 현기
못박는 이수
못빼는 동섭
세 놈이 모여 삼못회를 이루니
깊어가는 밤이 못내 아쉬워라

초가을 한낮
한탄강
: 철모 쓰고 노는 재진이

재진이 철모 쓰고 저리 해맑게
웃는 거 처음 보지만 설지 않으니
나인 쉰 중반이되 장난꾸러기 애라

한탄 임진강은 조선 14대 임금 균이
백성들 버리고 손가락질 당하며
부리나케 내빼던 슬픔의 강이라
야반도주에 횃불로 때인 화석정은
무슨 생각으로 저 강 바라볼까

한탄을 받아 흐른 임진은 한강으로
흘러들어 얄궂은 역사를 잇는다
대한민국 초대 대통령 승만이
균을 이어 6.27 새벽 저만 살겠다고
한강을 건너고는 철교를 부숴
시민을 적의 아가리에 남겨놓으니
다들 이곳 한탄강으로 몰려서는
건너다 휩쓸려 죽고 떠밀려 죽고
아비규환의 무간지옥이었다

그러다 세월 흘러 재진이 저러고 있는
걸 보니 태평세월이라 참 좋지 않은가
그러니 전쟁만은 막아야 하느니

어떤 일이 있어도 막아야 하느니

어이 재진이!
간 김에 가실 햇살에 푹 익어 오게

어떤 응원

다저스 대 애트로스

미국 메이저리그 월드시리즈

나는 그전부터 내내

구리엘의 망동에도 불구하고

휴스턴 애트로스를 응원했다

다저스의 류현진이 빠져서도 아니다

연봉 총액이 가장 적은 때문도 아니다

한 번도 우승하지 못한 때문도 아니다

'업튼의 남자'가 이적해 와서도 아니다

얼마 전만 해도 승률 3할 언저리에

시청률 제로의 조롱거리였지만

그 수모를 돈이나 변명이 아니라

기다림과 절치부심으로 이겨냈기 때문이다

그러나 다른 어떤 무엇보다도
사상 최악의 수해를 겪은 시민들과
그 고통을 나누며 위로가 되고
더불어 용기를 나눴기 때문이다

우승 순간 그들은 하나같이
기쁨과 영광을 시민들에게 돌렸다
그들은 진정한 챔피언이었다

돌아봐

[1]
돌아봐 지금 네 옆을 돌아봐
먼데 바라보며 헤매지 말고
돌아봐 지금 네 옆을 돌아봐
울고 있잖아 그 눈물이 안보여
돌아봐 사랑이 곁에 있잖아
저 멀리 있는 건 신기루일뿐야

[2]
돌아봐 지금 네 옆을 돌아봐
멀리서 찾느라 애쓰지 말고
돌아봐 지금 네 옆을 돌아봐
너만 보잖아 그 마음을 못느껴
돌아봐 행복이 네 안에 있잖아
저 밖에 있는 건 한갓 꿈일뿐야

[후렴]
마주 웃어봐 그게 바로 사랑이야
눈물 닦아줘 그게 정말 사랑이야
손을 맞잡아 그게 바로 행복이야
서로 바라봐 그게 정말 행복이야

사랑이
오려나 봐요

[1]

내게도 마침내 사랑이 오려나 봐요
생각만 해도 가슴 저리고 잠 못 자는
그런 사랑 벼락처럼 오시려나 봐요
아 그 사람, 보고 말았어요 운명처럼
피할 새도 없이 붙들리고 말았어요
내게도 오려나 봐요 꽃물 같은 사랑

[2]

내게도 이제야 사랑이 오려나 봐요
갑자기 바보가 되어 말도 잘못하는
그런 사랑 폭풍처럼 오시려나 봐요
아 그 사람 내게로 와요 꿈속까지도
내겐 온통 세상이 그 사람뿐이에요
내게도 오려나 봐요 눈물 같은 사랑

[후렴]

사랑 사랑 오는구나 내 사랑이야
벼락처럼 폭풍처럼 오시는구나
먼 길 지나 꿈길 달려 오시는구나
어화둥둥 내 사랑 아리아리 내 사랑

나의 노래 당신의 노래

[1]

이~제 나의 노래는 잊었어요
배꽃 같은 당신 만난 순간부터
나의 노래는 까맣게 잊었어요
바람에 날려 가슴에 스며드는
당신의 향기에 취해 잊었어요
다른 사람 위해 부르던 옛 노랜
자취도 없이 모두 날아갔어요

[2]

이~제 당신만의 노랠 부를래요
배꽃 같은 당신 내 곁에 머물도록
당신의 노래를 가슴에 새길게요
행여 꿈속이라도 당신 부여안고
당신의 향기만 담아 노래할래요
그 옛날 나의 노랜 모두 잊었어요
당신의 노래만 남고 다 날아갔어요

[후렴]

이젠 당신만이 나의 사랑 나의 노래요
이젠 나만이 당신의 사랑 당신의 노래

가실 땐
가더라도

[1]

가실 땐 가더라도 그리 가진 마요
우리 함께 보낸 시간이 얼만데요
가실 땐 가더라도 그리 가진 마요
우리 사랑 나눈 세월이 얼만데요

[2]

가실 땐 가더라도 서로 원망 마요
우리 함께 그래도 행복했잖아요
가실 땐 가더라도 슬퍼하진 말아요
빛나는 세월 서로 사랑했잖아요

[후렴]

아~ 사랑, 세상의 사랑이 별건가요
볶고 비비며 그렇게 사는 거잖아요
아~ 사랑, 어디 영원한 게 있던가요
한순간이라도 행복했으면 됐잖아요

비가 내려요

[1]
비가 내려요
땅거미 지는 어둑한 가을거리에
비가 내려요
당신이 떠나간 그 빈 거리에
비가 내려요
그리움에 젖은 내 눈물인가
비가 내려요
어둠이 깊어갈수록 더 서럽게
비가 내려요
하냥 오실까 목매 기다리던
그 어둔 골목에 비가 내려요

[2]
비가 내려요
당신과 손잡고 걷던 그 숲길에
비가 내려요
이 비에 단풍들면 더욱 서럽겠지요
비가 내려요
행여 당신 볼까싶어 빗속을 걸어요
비가 내려요
당신 따나간 날도 비가 내렸지요
이젠 잊을 만도 하지만 비만 내리면

당신 생각에 온데를 떠돌아요

[후렴]
비가 내려요 내 가슴 하나 가득
비가 내려요 당신이 떠난 뒤로